33명의 칠레 광부들

글 정대근 그림 박준우

33명의 칠레 광부들

글 정대근 그림 박준우

리젬

차 례

"우리는 지하 대피소에서

파블로 네루다와

가브리엘라 미스트랄의

시를 낭송하며

희망을 잃지 않고 버텼다."

머리말

구조된 세풀베다는 다음과 같은 말을 했다.

"우리가 이 세상에 다시 태어났기에, 이 교훈을 세상 사람들에게 알리는 것이 의무라고 생각합니다."

이 책은 69일간 칠레 산호세 광산에 갇혀 탁한 공기와 허기를 버텨 낸 광부 33명의 이야기를 가장 현장감 있게 전달해야겠다는 생각에서 시작되었다.

하지만 조심스러운 부분이 많았다. 그들은 하루하루 생사를 넘나들며 싸웠는데 소설로 쓰면서 자연재해 드라마로 바뀌는 건 아닌지 고민에 고민을 거듭했다.

그래서 내린 결론은 가장 현실에 가깝게 글을 써야겠다는 생각이었다. 섣부르게 추측하거나 상상하지 않고, 뉴스와 구조된 광부들의 목소리를 바탕으로 하여 더 나가지도 덜 나가지도 않는 범위 내에서 현실감 있게 그려내고자 했다.

나는 『33명의 칠레 광부들』이라는 제목으로 이 책을 쓰면서 그들의 이름을 다 외워 버렸다. 하지만 광부들 간의 관계를 자세히 알지 못해서 애를 먹었다.

예를 들어 우르수아와 어떤 광부가 다툰 적이 있었다는 뉴스를 접했을 때, 그 사람이 누구일지

33명의 사진을 보며 한참 동안 생각했다. 그 사실은 그들이 밝히지 않는 이상 전혀 알 수가 없었다.

또 세풀베다와 아발로스 등이 구조 후에 인터뷰했던 내용을 보니, 리더에 대해서 의견이 달랐다. 어떤 광부는 우르수아가, 어떤 광부는 세풀베다가 자신들을 지휘했다고 밝혔다. 이 역시 누구의 말이 옳은지 알 수 없었다.

하지만 글을 쓰는 작가라면 가능성 있는 예측은 할 수 있다. 그래서 나는 광부들의 이야기를 종합해서 나름의 질서를 부여한 후 글을 썼다.

예를 들면 이 책에 등장하는 '세르지아'는 실제 칠레 광부와 다른 이름으로 설정했다. 누군가 악역이 있었다고 가정할 수는 있지만 그가 누군지 밝혀지지 않았기 때문이다. 오해를 불러일으키지 않도록 이렇게 설정한 점을 미리 밝힌다.

또 우르수아가 후반부에 빛을 발하는 것 역시 총체적인 판단에 근거한 설정이다. 세풀베다를 지지하는 광부들의 의견을 종합하면, 우르수아는 위급한 상황에 있지 않았다. 위급한 상황은 처음에 광산이 무너졌을 때와 그 후 2~3일 정도였을 것이다. 이때 물과 전기를 마련한 과정을 보면 세풀베다의 지략 없이는 해결하기 힘들었다. 그래서 전반부는 세풀베다가 광부들을 이끌었고, 나중에 투표를 통해 작업반장이었던 우르수아가 새 리더가 된다. 이 두 사람의 관계는 나쁘지 않았고 협조적이었다. 이것은 아마도 권력을 놓고 벌인 싸움이 아니었기에 가능했으리라고 본다.

이렇게 해서 『33명의 칠레 광부들』은 작가에 의해, 33명 광부들의 투혼에 의해, 또 그들이 세상과 다시 만나면서 들려준 이야기를 통해 만들어졌다.

이 책을 쓰면서 억지로 교훈적인 수식을 하지 않으려고 노력했다. 다만 원시적으로 살 수밖에 없었던 그들의 현실, 삶과 죽음을 놓고 벌인 투쟁, 그 안에서 빛났던 리더십 등을 33명의 광부들을 통해 들려주고자 했다.

우리는 칠레와 멀리 떨어진 곳에서 살고 있지만 과연 이런 사고에서 안전하다고 할 수 있을까? 갑자기 지진이 나서 백화점에 갇힐 수도 있고, 짙은 안개 때문에 어느 마을에 고립될 수도 있다. 1983년에 노벨문학상을 수상한 윌리엄 골딩의 소설 〈파리대왕〉처럼 비행기 사고로 어른들이 없는 외딴 섬에 갇힐 수도 있다. 우리들이, 우리 가족이, 친구들과 함께 만약 이런 일을 당했다면 어떻게 대처했을까?

이 책은 그러한 가능성을 일깨우는 데 도움을 줄 것이다. 그리고 이 책을 통해 희망을 향한 끝없는 싸움을 목격할 것이고, 인간이 삶을 지탱하기 위해 품을 수 있는 원시적인 생각을 알 수 있을 것이다.

그래서 이 책은 출간되어야만 했다. 33명의 삶을 이렇게나마 적어 두는 것이 우리들에게 닥칠지도 모르는 재앙을 예방하는 장치가 아닐까.

산호세 광산에서 살아 돌아온 33명의 칠레 광부들에게 박수를 보낸다. 그들은 분명 가치 있는 판단을 했고, 더 나은 삶을 위해 우리의 박수를 받을 권리가 있다.

2010년 12월 정대근

나오는 사람

루이스 우르수아(54) : 33명의 광부들을 잘 이끌어 구조에 큰 역할을 한 작업반장이다.

마리오 고메스(63) : 긍정적인 성격으로 광부들을 다독이며 정신적인 지주 역할을 한 광부이다.

마리오 세풀베다(40) : 광산이 무너졌을 때, 33명의 광부들을 지휘하며 불안과 공포를 이겨내도록 노력한 광부이다.

플로렌시오 아발로스(31) : 부 지도자 역할을 담당한 광부이다.

요니 바르리오스(50) : 간호학을 공부한 경험을 바탕으로 매일 광부들의 체온과 혈압을 체크했다.

플랭클린 로보스(53) : 전직 프로축구 선수였던 광부이다.

지미 산체스(19) : 광부로 일한 지 5개월 만에 사고를 당했다.

세르지아(38) : 고집이 세고 이기적인 성격이지만 하라와 함께 끝까지 갱도를 뚫으려고 한 하청 광부이다.

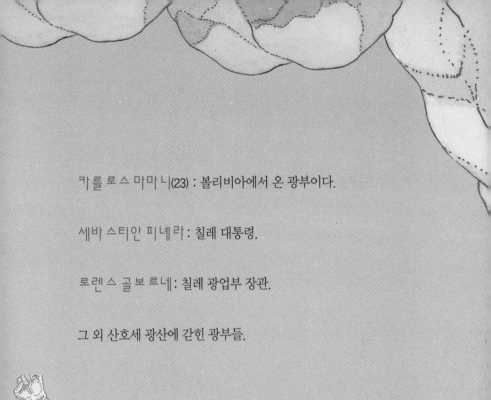

카를로스 마마니(23) : 볼리비아에서 온 광부이다.

세바스티안 피녜라 : 칠레 대통령.

로렌스 골보르네 : 칠레 광업부 장관.

그 외 산호세 광산에 갇힌 광부들.

1일째

2010년 8월 5일 오전 11시. 세계에서 가장 건조한 칠레의 아타카마 사막 아래, 빛 한 줄기 들어오지 않는 산호세 구리 광산에서 이상한 소리가 들렸다. 마치 사자가 울부짖는 것 같았다. 처음 그 소리를 들은 사람은 가장 나이가 많은 고메스였다.

"잠깐! 이상한 소리가 났어!"

굴착기로 구리 광석을 캐내던 광부들은 잠시 일손을 놓고 귀를 기울였다. 여느 때와 다른 것은 없었다. 멀리서 폭약이 터지는 소리 같기도 했고, 트럭이 움직이면서 쿵쿵거리는 소리 같기도 했다.

"아무 소리도 안 들리는데요?"

산체스는 캐 놓은 구리 광석을 트럭에 실으며 웃었다. 그는 광산에서 일한 지 이제 5개월째인 열아홉 살 청년이었다.

다른 광부들은 다시 일손을 잡기 시작했다. 광산에서 이런 일은 잦은 편이었다. 돌멩이들이 갑자기 천장에서 떨어지기도 했고, 지진이 난 듯 광산 전체가 부르르 떨리기도 했다. 고메스 같이 노련한 광부가 사색이 되어 천장을 뚫어져라 노려보는 일은 없었지만 광산은 늘 불안한 곳이었다.

작업감독인 아발로스가 고메스 곁으로 다가왔다.

"분명히 무슨 소리가 들렸어. 아발로스, 여기서 당장 나가야 해!"

"이상하긴 하지만 금방 나아질 겁니다. 괜히 나간다고 말했다가 무슨 욕을 들어먹게요."

아발로스는 광부들에게 계속 일하라고 소리를 질렀다. 광부들은 다시 굴착기로 구리 광석을 캐기 시작했다.

그로부터 10분쯤 뒤, 다시 쿵 하는 소리가 들렸다. 천장에 매달려 있던 전등이 이리저리 흔들렸고 하얀 먼지가 갱도를 통해 스멀스멀 들어왔다.

"이상하긴 한데……."

아발로스가 고개를 갸우뚱거렸다.

"이건 광산이 무너지기 직전에 나는 소리야! 우물쭈물하지 말고 어서 나가야 해!"

트럭 앞에 서 있던 고메스가 소리쳤다.

하는 수 없이 아발로스는 사무실로 전화를 걸었다.

"광산이 무너질지도 모릅니다. 지금 바로 올라가겠습니다."

"그게 무슨 소리야!"

광산 운영 책임자인 피닐라는 버럭 화를 냈다.

"뭔가 이상합니다. 계속 작업을 하다가는 광산이 폭삭 무너질 거 같습니다. 일단 밖으로 나가서 광산의 안전 상태를 점검하고 다시 들어오겠습니다."

하지만 피닐라는 들은 척도 하지 않았다. 오히려 작업감독이 다른 광부들을 충동질해서 일을 안 할 생각이냐며 화를 냈다.

"그럼, 직접 내려와 보세요."

"내가 그럴 시간이 어디 있어! 하던 일이나 계속해! 만약 내 지시를 어기면 너희들 모두 해고야!"

피닐라는 고래고래 소리를 지르다가 전화를 끊어 버렸다.

아발로스 곁에 모여 있던 광부들은 한숨을 내쉬었다. 지하 450미터에서 벌어지는 일을 낱낱이 설명하기란 쉽지 않았다. 사무실에서는 괜찮다고 윽박질렀지만 광산은 금방이라도 무너질 것처럼 위태로웠다.

최근 일주일 동안에는 지하 깊숙한 곳에서 '틱틱' 소리가 나며 몇 차례 흔들리기도 했다. 그럴 때마다 광부들의 등허리로 식은땀이 흘렀다.

"하던 일이나 계속 합시다."

광부들은 다시 움직이기 시작했다.

귀에 이어폰을 꽂고 헤드라이트를 켠 채 트럭을 운전하던 세풀베다는 노래를 흥얼거렸다. 아발로스와 고메스가 광산이 무너질 거 같다고 소리를 질렀지만 그는 한 귀로 흘려 버렸다. 광산은 원래 위험한 곳이었고, 이런 일은 수시로 생겼다가 아무 일도 없었던 것처럼 그치곤 했다. 세풀베다는 고개를 까딱거리며 오늘 밤 샤워를 끝내고 텔레비전 앞에서 축구를 보는 상상을 했다. 맥주까지 들이킨다면 더없이 좋은 밤이 될 거라고 생각했다.

그런데 세풀베다의 상상에 조금씩 금이 가고 있었다. 트럭 앞으로 자꾸 먼지들이 밀려와서 헤드라이트로 갱도를 비춰도 잘 보이지 않았다. 짜증이 난 세풀베다는 물을 한 모금 마시고 트럭에서 내려 갱도를 쳐다봤다. 어두컴컴한 갱도 깊숙한 곳에서 사자 울음소리와 비슷한 소리가 들렸다. 금방이라도 덮칠 듯이 위협적인 소리였다. 세풀베다는 자신도 모르게 뒷걸음질 쳤다.

"이상하네……."

그로부터 시간이 흘러 점심시간이 되었다.

쿠쿵, 쿵, 쿵, 쿵…….

갑자기 바위가 깨지는 소리가 들렸다. 그리고 날카로운 이빨을 드러내며 사자들이 달려오는 것처럼 쿵쿵거리는 소리가 가까워졌다. 광부들은 일제히 작업 도구를 놓고 먼지들이 풀썩이는 갱도 쪽을 바라보았다.

광산은 순식간에 아수라장이 되었다. 여기저기서 비명 소리가 들렸고, 밀가루 봉지가 터진 듯 하얀 먼지들이 천장에서 줄줄 새어 나왔다.

"바위가 무너진다!"

누군가 소리쳤다.

광부들은 정신없이 뛰기 시작했다. 그때였다. 광산이 크게 흔들리기 시작했다. 먼지를 일으키던 갱도가 무너지면서 커다란 돌들이 광부들 뒤로 마구 굴러 왔다.

세풀베다는 트럭에서 급히 내렸다. 먼지 때문에 아무것도 보이지 않았다. 광부들이 어깨를 치며 사방으로 내달리고 있었다. 세풀베다는 광부들에게 소리쳤다.

"먼저 탈출구를 찾은 사람이 소리를 질러!"

세풀베다는 뛰면서 예전에 봤었던 환풍기를 떠올렸다. 거기라면 다른 갱도와 연결되어 있을 테고, 탈출구의 역할을 할 수 있을 거라고 믿었다.

환풍기 앞에 도착한 세풀베다는 가죽과 끈으로 만든 임시 사다리를 가지고 왔다. 여전히 광부들의 비명 소리가 여기저기에

서 들렸다. 사방에서 밀려오는 먼지 때문
에 눈을 제대로 뜨기가 힘들었다.

세풀베다는 마음이 급해졌
다. 사다리에 발을 올

리자마자 사다리는 힘없이 축 늘어지고 말았다. 하지만 여기서 포기할 수는 없었다. 세풀베다는 근처에 있던 기름통을 쌓아서 환풍기가 있는 곳까지 조심스럽게 올라갔다. 그런데 그때 불어 난 개울물처럼 돌들이 마구 쏟아지기 시작했다. 기름통이 와르 르 무너지면서 세풀베다는 바닥에 고꾸라졌다. 돌 하나가 그의

앞니에 맞았다.

"젠장!"

이를 꽉 물며 일어선 세풀베다는 다시 환풍기 쪽을 쳐다봤다. 커다란 바위 두 개가 환풍기를 가로막고 있었다.

"이쪽은 안 되겠군."

세풀베다는 쓰러져 있던 산체스를 부축해 일으켜 세웠다. 그러고는 700미터나 떨어진 대피소로 뛰었다. 다른 광부들도 서둘러 대피소로 달려갔다. 대피소에는 이미 하얀 먼지가 가득 뒤덮여 있었다. 그곳이 대피소인지 아닌지 구분할 수조차 없을 정도였다.

"고메스!"

대피소에 도착한 세풀베다가 소리쳤다.

"여기야!"

"옷으로 입과 코를 막아요!"

"그래, 알았어!"

누가 누군지 알 수 없었다. 몇몇의 광부들은 귀가 찢어지도록 비명을 질렀고, 볼리비아에서 온 마마니는 기도문을 외웠다. 광산은 몸부림치듯 몇 번 더 흔들렸다. 돌들이 비처럼 쏟아지면서 트럭에 쿵쿵 부딪쳤다. 그 소리는 마치 땅 밑에 사는 거대한 짐승이 대피소를 향해 걸어오는 발소리 같았다.

"신이시여, 제발……."

칠레 북부 코피아포의 산호세 광산. 이곳은 구리와 금이 생산되는 작은 광산이었지만 크고 작은 사고로 여러 명의 광부가 다치거나 목숨을 잃었다. 구리값이 떨어졌을 때는 오랫동안 닫아두었다가, 최근 구리값이 치솟으면서 광부들이 다시 이 광산으로 몰려들었다. 작은 꿈을 안고 온 그들은 지금, 지하 700미터에 고스란히 갇히고 말았다.

"오혜다!"

세풀베다가 오혜다를 불렀다.

"……."

오혜다는 당뇨병을 앓고 있었다.

"오혜다! 오혜다! 오혜다를 찾아봐!"

"제가 찾아볼게요."

돌가루를 뒤집어쓴 산체스가 바지를 털며 일어섰다. 그는 광산이 무너지기 전에 오혜다와 같이 구리 광석을 트럭에 싣고 있었다. 산체스는 불도저 밑에 누워 있는 오혜다를 발견했다. 돌가루를 뒤집어쓰긴 했지만 생명에는 지장이 없었다.

"무사합니다."

"좋아, 이쪽으로 데리고 와."

"네."

21

산체스는 오헤다를 부축하며 걸어왔다. 두 사람은 마치 전쟁터에서 돌아온 패잔병 같았다.

몇 시간이 지났을까.

아수라장이었던 광산에 정적이 찾아왔다. 그때까지도 광부들은 광산이 무너진 것인지 지진이 난 것인지 알 수가 없었다.

"아발로스, 사무실에 전화해 봐."

고메스가 말했다.

아발로스는 수화기를 들었다. 하지만 신호음이 없었다. 그 순간 아발로스는 지진이 아니라는 걸 깨달았다. 두 달 전에 지진이 일어났을 때, 광산은 고장 난 오토바이처럼 부르릉거렸지만 전화는 잘 되었었다.

"체베스! 다시 폭발 지점으로 가 봐! 구조대가 왔을지도 모르잖아!"

세풀베다가 소리쳤다.

"네."

지하 700미터에 있는 대피소에서 폭발이 난 450미터 지점까지 걸어가는 건 힘든 일이었다. 체베스는 무너진 갱도를 조심조심 뚫으며 나아갔다. 무너진 돌들이 작은 동산처럼 쌓인 곳도 있었다. 체베스는 450미터 지점에 겨우 도착했지만 앞이 꽉 막혀 있었다.

체베스는 천장만 보면서 멍하니 서 있었다. 가끔씩 돌 떨어지는 소리 말고는 어떤 소리도 들리지 않았다. 인기척도 찾아볼 수 없었다. 그는 곰곰이 생각했다. 450미터 지점에서 광산이 무너졌지만 갱도는 지그재그로 연결되어 있어서 광산 전체가 그대로 주저앉을 수도 있었다.

대피소로 돌아가는 체베스의 발걸음이 무거워졌다.

"사고입니다. 우린 갇혔어요……."

체베스가 기운 없는 목소리로 말했다.

그제서야 쓰러져 있던 광부들이 하나둘 일어났다.

"설마……."

페나가 호주머니에서 휴대폰을 꺼냈다. 버튼을 눌렀지만 통화가 되지 않았다. 모두들 페나를 뚫어지게 쳐다봤다. 산호세 광산이 위험하다는 건 알고 있었지만 이런 불행이 덮칠 줄은 꿈에도 몰랐던 광부들이었다.

"이제 죽는 일만 남은 거야?"

페나는 휴대폰을 바닥에 던져 버렸다.

그로부터 꽤 오랜 시간 동안 광부들은 장승처럼 대피소 입구에 서 있었다. 그곳은 빛 한 줄기 들어오지 않는 700미터 지하였다.

"7월 3일에 광부 하나가 사고로 다리를 다쳤는데…… 그때

23

당장 그만뒀어야 했어."

"요사이 영 기분이 안 좋았어. 오늘 아침에는 정말 오고 싶지
않더라고……."

"며칠 뒤면 아내가 애를 낳는데, 이게 무슨 일이야……."

광부들은 저마다 한마디씩 했다.

"위에서 두 다리 뻗고 의자에 앉아 있는 사람들은 우리가 죽
은 줄 알겠지?"

"아마도……."

"다들 멀쩡하게 살아 있는데……."

"이렇게 앉아서 죽을 순 없어. 나가서 싸워 보자고!"

세풀베다가 말했다.

"그래, 죽을 때 죽더라도 해 보는 거야!"

갑자기 광부들이 우왕좌왕하기 시작했다. 세풀베다가 불도저
로 막힌 통로를 뚫어 보자는 의견을 제시했다. 광부들은 그 어
느 때보다도 재빠르게 불도저 위에 떨어진 돌을 치웠다.

시동을 걸자 불도저는 힘차게 움직였다. 광부들은 트럭을 몰
고 불도저의 뒤를 따랐다. 가까스로 450미터 지점에 도착한 불
도저는 검은 연기를 내뿜으며 무너진 돌을 쓸어 담았다.

저렇게 몇 번만 들어 올리면 시원한 공기를 마실 수 있겠지,
내일 오후에는 훈제 오리를 뜯으며 시원한 맥주를 마실 수 있겠

지, 광부들은 이렇게 믿었다. 광산은 워낙 사고가 잦은 곳이라 별문제 아닐 거라고 생각했다.

하지만 통로는 무너진 돌로 가득 차 있었다. 아무리 돌을 들어 올려도 끝이 없었다. 지상까지의 갱도를 뚫으려면 거의 450미터나 되는 땅을 다시 파야 하는 상황이었다.

그래도 광부들은 절망하지 않았다. 길은 지그재그로 되어 있어서 다른 쪽으로 길을 뚫으면 무너지지 않은 갱도를 찾을 수 있을 거라고 생각했다.

세풀베다와 몇몇 광부들이 굴착기로 벽을 뚫기 시작했다. 순간 천장에서 '꾸꿍' 하는 소리가 들렸다. 광산은 또 한번 지진이 난 것처럼 요동쳤다.

"그만해!"

오헤다가 소리쳤다.

"어차피 죽는 거라면 앉아서 죽으나 돌에 깔려 죽으나 마찬가지잖아. 뭐든 해 봐야지."

세풀베다가 맞받아쳤다.

"여긴 땅속이라고. 그쪽으로 파 봐야 더 깊이 들어갈 뿐이야. 괜히 힘자랑하지 말고 조용히 앉아서 기다려."

"뭘 기다리죠?"

산체스가 물었다.

"구조대가 오겠지."

"정말 구조대가 올까요? 무너질 것 같다고 말해도 콧방귀를 뀌었던 사람들이 과연 올까요?"

"……."

오헤다는 말을 잇지 못했다.

"우릴 기다리는 건 죽음밖에 없어요. 그래도 기다리겠어요? 여기까지 누가 밧줄을 타고 내려온다고 생각하세요? 예전에도 여기에서 구리를 캐던 광부들이 죽었다고 들었어요. 그들을 위해서 정부가 한 일이 뭐 있죠? 신문에는 단 한 줄로 서른세 명의 광부가 땅속에서 죽었다고 나오겠죠. 사람들은 금세 우리 같은 광부들을 잊어버릴 거예요. 왜냐고요? 우린 보잘것없는 칠레 광부들이니까요!"

흥분한 산체스가 외쳤다.

"그만둬!"

세풀베다가 소리쳤다.

"오헤다! 누가 죽는다고 그래? 벌써 죽기라도 한 거야? 아직 안 죽었잖아. 물론 여기에 계속 갇혀 있으면 하나씩 죽겠지. 하지만 목숨이 붙어 있는 날까지 포기하면 안 돼. 그럴 용기도 없으면서 이곳에서 구리를 캔 거야? 그럴 각오도 없이 여기에 온 거냐고!"

26

세풀베다가 오헤다에게 말했다.

"우린 죽으러 온 게 아니잖아."

"물론 죽으러 온 건 아니지. 하지만 구리를 캐는 건 항상 죽음을 등에 업고 일하는 거잖아. 그래서 우린 특별해. 이렇게 번 돈으로 가족들을 먹여 살리고 말이야. 이런 위험이 없다면 우리가 칠레 광부겠어? 그럴 거라면 놀이공원에 가서 바이킹이나 타고 있지, 여긴 왜 왔어? 축구 구경하면서 소리 지르고 술이나 잔뜩 퍼마시고 비틀거리는 편이 낫지 않아? 우린 산호세 광산에서 일하는 칠레 광부라고!"

세풀베다와 오헤다가 싸울 듯이 서로를 노려봤다.

"그만둬! 하늘이 무너진 게 아니라 광산이 무너졌어. 우리가 어떻게 될지는 신 말고는 아무도 몰라. 일단 다친 사람들을 치료해 주고 내일 다시 이야기해. 어서!"

고메스가 말했다.

모두들 한 걸음씩 뒤로 물러섰다. 다른 사람은 몰라도 고메스의 말은 새겨들을 필요가 있었다. 지금은 예순세 살의 노인이지만 서른 살 때 밀항선 갑판 밑에서 몇 개의 초콜릿과 물로 버티며 살아난 적이 있는 대단한 광부였다.

세풀베다는 젊은 광부 몇 명을 데리고 자리를 떴다. 탈출구가 있는지, 물을 구할 수 있는지, 광산이 무너지면서 낙오자는 없는지 알아보기 위해서였나.

트럭을 타고 갱도를 지나가자 천장에 아슬아슬하게 매달려 있던 돌들이 사정없이 떨어졌다. 그래서 트럭을 멈추고 한참 동안 서 있어야 했다. 세풀베다는 전쟁터에서 병사들을 지휘하듯 위험한 곳에 있던 광부들을 안전한 곳으로 이동시키고, 눈에 띄는 시설물들을 트럭에 모두 실었다. 그것들을 어디에 사용할 것인지는 세풀베다의 머릿속에 담겨 있었다.

광부들은 분주하게 움직이는 세풀베다를 리더로 생각하며 따랐다. 가장 큰 원인은 작업반장인 우르수아와 작업감독인 아발로스가 보이지 않았기 때문이었다.

"오늘은 그만하고 내일 다시 시작하자!"

대피소로 돌아온 세풀베다는 이렇게 말하고 누웠다.

광부들은 뿔뿔이 흩어졌다. 대피소에서 합판을 깔고 자는 광부도 있었고, 트럭 안에서 웅크리고 잠든 광부도 있었다.

아주 긴 하루였다.

2일째

아침을 맞은 광부들은 어제 일이 꿈인가 싶었다. 햇빛이 조금
도 들어오지 않는 곳에 누워 시꺼먼 천장을 보고 있자니 마치
관 안에 누워 있는 것 같았다. 광부들은 대부분 잠을 제대로 자
지 못하고 뜬눈으로 캄캄한 하루를 맞이했다.

세르지아가 친구인 하라를 흔들었다.

"죽기 싫으면 일어나 봐. 물을 찾아보자고."

두 사람은 매몰된 갱도 쪽으로 들어갔다. 깨진 바위들이 날카
롭게 서 있었다. 몇 년 전부터 광산에서 일해 온 두 사람에게 날
카로운 바위는 아무것도 아니었다. 두 사람은 헬멧에 달린 전등
으로 갱도를 비추며 한참을 걸었다.

"어디 가?"

두 사람 앞에 세풀베다가 나타났다.

"아, 물을 찾고 있습니다."

"물? 따라와."

두 사람은 세풀베다를 따라갔다. 트럭 운전을 하던 세풀베다가 내놓은 건 트럭의 라디에이터를 식히기 위해 기름통에 받아놓은 물 두 통이었다.

"이걸 마시라고요?"

두 사람은 깜짝 놀랐다. 그 물은 기름통에 들어 있어서 사람이 마실 수가 없었다.

"밤새 물을 찾아봤지만 없어. 마시기 싫으면 관둬."

"어쩔 수 없죠, 뭐."

세르지아는 기름통 뚜껑에 물을 받아 입에 대었다. 그러나 삼키지 못하고 금방 뱉어 냈다. 반은 기름이고 반은 물이었다.

"입으로 후후 불어서 기름을 버리고 마셔야지."

"정말 이 물밖에 없나요?"

"……"

세르지아와 하라는 산호세 광산의 광부가 아니었다. 두 사람과 다른 세 명은 다른 곳에서 온 하청 광부였다.

"저희가 더 찾아볼게요."

이렇게 말한 세르지아는 나머지 세 사람을 깨웠다. 그리고 아무도 없는 곳으로 가서 귓속말을 했다.

"식량이 남아 있을 거야. 일단 식량을 얻어서 여길 나가자."

세르지아가 속삭였다.

"나가다니? 어떻게?"

"여긴 지반이 약해. 여기에서 수평으로 10미터 정도 파고 다시 15도 기울여서 100미터만 파면 우리가 다니던 갱도가 나올 거야. 서둘러서 굴착기로 파면 열흘 안에 도달할 수 있겠지."

"열흘씩이나 파야 해? 그동안 뭘 먹고 살지?"

"식량을 빼앗아 와야지."

"세풀베다가 가만있겠어?"

"우린 다섯 명이야. 열흘 동안 먹을 우리의 몫을 달라고 하면 되잖아!"

"좋아, 우리 몫도 분명히 있을 테니까. 우리 몫을 달라는데 누가 뭐라 하겠어?"

다섯 명의 하청 광부들이 대피소에 도착했을 때, 다른 광부들은 체베스를 둘러싸고 말싸움을 하고 있었다. 어젯밤 체베스가 대피소 구석에다가 오줌을 눈 게 화근이었다. 광부들은 코를 쥐며 지린내가 심하게 풍긴다고 소리를 질렀다.

"난 구리를 캐러 여기에 온 거지 군대에 온 게 아니야! 그러니 함부로 명령하지 마!"

체베스가 말했다.

"그래도 다른 사람들에게 피해를 주면 곤란하잖아. 오줌은 다른 곳에 눴어야지."

세풀베다가 말했다.

"여기 공중 화장실이라도 있어? 폭포수같이 물 나오는 변기가 있냐고!"

체베스는 입고 있던 옷을 벗어 던졌다. 아침이었지만 섭씨 33도를 오르내리는 더위였다. 양말은 축축하게 젖었고, 몸을 조금만 움직여도 땀이 비 오듯 쏟아졌다. 더구나 숨이 턱턱 막힐 정도로 습도도 높았다.

"체베스의 말이 맞는 거 같아요. 어차피 죽을 건데…… 누군 그렇게 하고 싶어서 했겠어요? 신부님같이 좋은 말만 하다가는 다 죽어요. 각자 알아서 살도록 합시다. 우린 누굴 도울 처지도 못 되고, 도울 힘도 없어요."

젊은 광부 하나가 체베스를 거들며 나섰다.

그때 하청 광부 다섯 명이 다가섰다. 그들은 비상식량 박스에서 꺼내 놓은 참치 깡통을 하나씩 집어 호주머니에 넣으려고 했다. 이 모습을 본 세풀베다가 달려들어 세르지아의 멱살을 잡았다.

"왜 이래! 죽고 싶어?"

"우리의 몫을 가지고 가는 건데 왜 그래요? 체베스 말이 맞

아. 어차피 죽을 건데 다 같이 죽어서 좋을 건 없잖아. 각자 알아서 살아야지. 재수 좋으면 여기서 한두 명은 살아남을지도 모르잖아요."

"내놔. 그건 우리 모두의 식량이야!"

"설마 우리의 몫이 없다고는 말 못하겠죠? 이 정도면 우리 다섯 명이 겨우 먹을 정도예요. 더 가지고 갈 수도 있지만 우리가 봐준 거라고."

세르지아가 등을 돌리는 순간 세풀베다가 달려들었다. 두 사람은 날카로운 돌이 널려 있는 바닥을 뒹굴며 서로에게 주먹을 날렸다. 다른 광부들은 싸움이 벌어진 곳으로 모여들었지만 아무도 말리지 않았다. 광부들은 모두 화가 나 있었고, 그 화를 풀기 위해서는 누군가와 싸워야 할 것처럼 보였다. 마치 33명의 광부들 중에 광산을 무너뜨린 범인이 있는 듯.

"그만해!"

고메스가 소리쳤다.

그래도 두 사람은 주먹을 날리고 발길질을 하면서 뒹굴었다. 먼지가 풀풀 날렸고 바위에 몸이 부딪치기도 했다. 구경만 하다가는 두 사람 다 크게 다칠 것 같았다.

"보고만 있을 거야?"

고메스가 다른 광부들을 다그쳤다. 하지만 그들은 무표정으

로 싸우는 두 사람을 지켜볼 뿐이었다.

광부들은 배가 고팠고 목도 말랐으며 화장실도 가야 했다. 하지만 이렇게 앉아서 죽을 수는 없었다. 그래서 그들은 싸움이 끝나면 이기는 쪽을 따라서 움직일 생각이었다.

"머저리 같은 놈들!"

고메스가 힘겹게 세풀베다를 떼어 냈다.

"다들 참치 깡통이나 들고 꺼져 버려! 어디 밖으로 나갈 수 있으면 당장 나가 보라고!"

고메스가 고함을 질렀다.

목과 옆구리에 상처를 입은 세풀베다는 조용히 일어서서 참치 깡통 다섯 개를 들고 왔다. 세풀베다는 세르지아를 노려보며 그 깡통들을 내밀었다. 세르지아는 히죽 웃으며 나머지 네 명의 광부들과 함께 사라졌다.

문제는 여기서 그치지 않았다. 체베스도 자신의 몫을 달라고 손을 내밀었다. 체베스 뒤로 열두 명의 광부들이 줄을 서 있었다. 대부분 젊은 광부들이었다. 이들을 설득하기 힘들다고 생각한 고메스는 세풀베다에게 참치 깡통을 나눠 주라고 했다. 혹시라도 폭동이 일어나면 걷잡을 수 없다고 판단한 것이었다.

"각자 살아 나갈 방법을 찾아보자고요!"

체베스는 이렇게 말하고 대피소를 빠져나갔다. 대피소 밖은

온통 돌과 바위투성이였다. 언젠가는 돌아올 게 뻔했다.

남은 광부들은 참치 깡통만 물끄러미 쳐다보았다.

"작업반장 어디 있어? 우르수아!"

고메스가 우르수아를 불렀다.

하지만 광산이 무너진 후 우르수아는 보이지 않았다. 각자 일하는 장소가 달랐기 때문에 바로 눈에 띄지 않을 수도 있었다. 하지만 오늘도 우르수아는 보이지 않았다.

결국 고메스가 헬멧 전등을 켜고 우르수아를 찾아 나섰다. 갱도에 쓰러져 있는 광부, 트럭에 누워 있는 광부, 기도를 하는 광부, 울부짖는 광부, 이리저리 서성거리는 광부를 지나치니 우르수아가 보였다. 그는 트럭 뒤에 우두커니 서 있었다.

"여기서 뭐 해?"

"모르겠습니다. 저도 잘……."

우르수아는 고개를 푹 숙였다.

"다쳤어?"

"아뇨."

"기절했던 거 아냐?"

고메스를 뒤따라온 세풀베다가 다가왔다.

"돌에 맞아서 기절한 사람이 있었으니 그럴 수 있죠."

세풀베다 뒤로 몇 명의 광부들이 서 있었다. 그들은 실망한

눈빛으로 작업반장인 우르수아를 바라보았다.

이상한 낌새를 알아차리고 세풀베다는 우르수아를 부축해서 대피소로 데려갔다. 이럴 때일수록 리더가 중요했다. 그 적임자는 자신이 아니라 우르수아임을 광부들에게 알려야 했다.

"책임자는 책임자야. 그런 눈으로 작업반장을 쳐다보지 마. 잠깐 기절해서 쓰러져 있었던 것뿐이야."

세풀베다의 말에 고메스는 한숨을 내쉬었다.

"여기 있지들 말고 어서 가서 탈출구를 찾아봐!"

세풀베다가 소리쳤다.

광부들은 투덜거리며 대피소를 빠져나갔다.

"그동안 어디에 있었어?"

고메스가 물었다.

"돌에 맞아서 넘어진 거는 기억나는데, 그 뒤는 잘……."

우르수아는 말을 제대로 잇지 못했다. 돌에 맞은 건 사실이었지만 기절하지는 않았었기 때문이었다.

광산이 무너질 때 우르수아는 세풀베다의 목소리를 따라 대피소로 달려가는 광부들의 맨 뒤에 있었다. 그는 대피소 근처에 있던 트럭 밑에 몸을 숨겼다. 우르수아는 그런 자신의 모습이 초라하게 느껴졌고, 세풀베다의 목소리를 들으면서도 도저히 밖으로 나올 수 없었다. 작업반장이라는 책임감이 어깨를 짓누르기도 했다. 다른 광부들의 비명 소리와 광산이 무너지면서 토해 낸 음산한 소리 때문에 더욱 트럭 밑에서 나오기 힘들었다.

"우린 여기에 갇혔어. 이럴 때일수록 자네가 필요한 거 모르나? 어서 정신 차리고 광부들을 안정시키게. 이러다가 큰일이 날지도 몰라."

"네……."

고메스와 세풀베다는 앞으로의 대책에 대해 의견을 나누었다. 하지만 마땅한 방법이 떠오르지 않았다. 밤새 탈출구를 찾기 위해 돌아다녔지만 나갈 수 있는 통로는 다 막혀 있었다.

"물을 찾아봐야 하는 거 아니야?"

우르수아가 말했다.

"물 나오는 곳을 못 찾았어요. 그래서 트럭 라디에이터에 있던 물을 마시기로 했어요. 후후 기름을 불어서 마시면 그럭저럭 괜찮더라고요. 그보다 화장실이 문제예요. 벌써 지린내가 올라와서 숨도 못 쉬겠어요."

세풀베다의 말에 고메스는 대피소 밖을 쳐다봤다. 고작 하루가 지났지만 대피소 밖 곳곳에서 똥오줌 냄새가 올라오고 있었다.

"무너진 광산은 복구하기가 힘들어. 아마도 우릴 구조하려면 새로 땅을 파야 할 거야."

고메스가 말했다.

"그게 가능할까요?"

"글쎄. 그렇게 구조한 적도 없고, 그렇게 해서 구조된 사람도 못 봤으니 힘들겠지……."

"흠……."

체베스와 젊은 광부들은 대피소 밖에 모여 운동을 하고 있었다. 고메스와 세풀베다, 우르수아가 대피소로 들어가려고 하자 그들은 낄낄거리며 웃었다. 세풀베다는 금세 그 이유를 알 수 있었다. 테이블 위에 있던 식량들을 체베스 쪽 광부들이 전부 가져가 버린 것이었다.

광산이 무너지기 전까지만 해도 착한 광부들이었다. 그들은 칠레를 걱정하고, 산호세 광산에서 일하는 광부들을 걱정하고, 작업반장인 우르수아의 말에 충실히 따르며, 연장자인 고메스의 말이라면 싫은 내색 없이 받아들이던 광부들이었다.

하지만 광산이 무너지자 봄철에 새싹 돋듯 이기심이 자라나기 시작했다. 다른 광부들을 위해 희생하기보다는 자신을 챙기는 데 급급해진 것이었다.

"저 친구들에게 식량을 돌려 달라고 해야 하지 않을까요?"

화가 난 세풀베다가 고메스에게 물었다.

"놔둬. 한번 싸우기 시작하면 끝이 없어. 잘못하다가는 더 큰 일이 생길지도 몰라."

고메스는 오래전에 이와 비슷한 경험을 한 적이 있었다. 잠시 광산에 갇혔을 때, 불안감에 몸을 떨던 광부들이 서로 식량을 빼앗다가 구조되기 전에 목숨을 잃은 사건이었다.

지금 33명의 광부들에게는 식량보다 살아서 나갈 수 있다는 희망과 의지가 필요했다. 고메스는 그 희망을 어떻게 만들 수 있을지 고민했다.

탁한 먼지들이 공기를 따라 여기저기 떠다녔다. 기분 나쁜 냄새도 계속 풍겼다. 하지만 무엇보다 광부들을 쉽게 지치게 만든 건 습기였다. 대피소와 무너진 갱도를 경보 선수처럼 오가던 광부들이 하나둘씩 쓰러졌다. 참새처럼 재잘거리던 젊은 광부들도 입을 꾹 다물고 있었다. 다들 금붕어처럼 눈만 끔뻑거리며 멍하니 천장을 쳐다보았다.

그때 누군가 칠레 국가를 부르기 시작했다. 하지만 아무도 따라 부르지 않았다. 젊은 광부 한 명은 눈물을 뚝뚝 흘렸다.

고작 이틀이 지났건만 광부들은 벌써 지쳐 있었다. 지하 100미터도 200미터도 아닌, 지하 700미터에 갇혔다는 사실 때문이었다. 아무리 생각을 해 봐도 700미터를 뚫고 구조대가 온다는 건 불가능했다. 그래서 광부들은 더 빨리 절망했다.

햇빛이 들어오지 않아서 오전인지 오후인지 알 수 없었다. 광부들은 여기저기에 누워 있었다. 그때 불도저 엔진 소리가 들렸다. 불도저가 바위를 찍는 소리도 크게 들렸고, 지독한 기름 냄새가 풍겼다.

세풀베다는 자리에서 일어났다. 그러고는 무너진 바위들을 불도저로 밀어내고 있는 하청 광부들에게 다가갔다.

"뭘 하는 거지?"

"알 것 없잖아요!"

세르지아가 말했다.

"불도저가 한번 움직일 때마다 얼마나 많은 메탄가스가 나오는지 알아? 구조되기도 전에 숨이 막혀 죽을 수도 있어!"

세풀베다는 대피소 쪽으로 흘러가는 검은 연기를 가리키며 말했다.

"그쪽은 그쪽대로 알아서 하세요. 우리는 우리 방식대로 한다는데 왜 그래요?"

세르지아가 코를 풀며 말했다.

"불도저로 700미터를 뚫을 생각인가?"

"관심 끄쇼!"

세르지아가 돌을 툭 차며 비아냥거렸다.

"아니, 뭘 하려는 건지만 말해 줘. 그 정도는 알려 줄 수 있잖아."

"공짜로?"

"공짜가 아니면? 여기서 돈을 줘야 하나? 언제 죽을지도 모르는 판에 돈이 필요해?"

세풀베다가 한발 다가섰다.

"어허, 왜 이래요. 좋아요. 어차피 비슷한 처지이니 말해 드리지요. 우린 터널을 파서 갱도로 탈출할 거예요."

"700미터를?"

"일단 해 봐야죠. 운이 따른다면 천장에서 동아줄이라도 내려오겠지."

그날 밤, 체베스 쪽 광부들이 식량을 모두 가져간 사실을 안 세르지아 쪽 광부들은 도둑고양이처럼 살금살금 다가와 세풀베다 옆에 있는 물통을 노렸다. 체베스와 협상을 하기 위해서였다. 세풀베다가 용변을 보기 위해 자리를 비우자, 세르지아는 잽싸게 물통을 훔쳤다.

그리고 체베스 쪽 광부들에게 다가갔다.

"물을 줄 테니 식량을 나눠 줘."

세르지아의 말에 체베스는 고개를 흔들었다.

"우린 식량만 있으면 돼."

지상에서는 너무 흔한 물이었다. 하지만 무너진 광산 안에서 물은 생명과도 같았다.

"배가 고픈 것보다 더 참기 힘든 게 갈증일 걸?"

세르지아는 물을 따르더니 꿀꺽꿀꺽 마셨다.

"좋아. 물 한 잔에 참치 한 스푼!"

"음…… 좋아."

체베스 쪽 광부들은 세르지아가 건네준 물을 마시기 위해 줄을 섰다.

3일째

사흘이 지나면서 시간 감각이 더욱 둔해졌다. 대피소에 있는 불빛이라고는 헬멧에 달린 전등이 전부였다. 그 불빛도 배터리가 닳으면서 점점 희미해졌다.

세풀베다가 이 문제를 해결하기 위해 팔을 걷고 나섰다. 그는 헬멧 전등 배터리와 트럭에 있는 배터리를 연결해서 충전하는 데 성공했다. 또 낮은 촉수의 전구를 차량의 배터리에 연결해서 지하 700미터는 밝아졌다.

문제는 식량이었다. 지난밤에 남아 있던 참치 깡통이 전부 없어졌지만 누구 하나 나서서 찾아오려 하지 않았다. 그들에게 오랜 시간 이곳에 머물기 위한 계획 같은 건 없었다.

화장실 문제도 심각하기는 마찬가지였다. 곳곳에서 심한 악

취가 풍겼다. 물이 없으니 세수조차 하기 힘들었고, 광부들의 갈증은 점점 심해졌다.

광산 안의 더위도 광부들을 지치게 했다. 특히 여기저기 날아다니는 먼지 때문에 대부분의 광부들은 계속 기침을 했다. 이 상황에서는 몸이 아프다고 해도 보살핌을 받을 처지도 못 되었다.

"화장실 문제를 해결하지 않으면 숨도 못 쉴 거 같은데요?"

세풀베다가 고메스에게 말했다.

"대책을 세워야 하는데……."

고메스도 잘 알고 있었지만 마땅한 방법이 떠오르지 않았다.

세풀베다는 광부 두 명을 데리고 대피소 밖으로 나갔다. 이리저리 둘러보던 세풀베다는 갱도 한구석에 멈춰 섰다.

"여기를 파 보자고. 자네는 트럭에 있는 기름통을 가져와."

세풀베다와 광부 한 명은 갱도 구석에 구덩이를 파기 시작했다. 다른 광부는 트럭에 실려 있던 기름통을 들고 왔다. 광부들은 하나둘씩 세풀베다의 행동을 주시하기 시작했다.

"여길 화장실로 씁시다."

"어떻게요?"

광부들은 눈을 동그랗게 뜨고 세풀베다를 쳐다보았다.

"고양이를 키워 보니 알겠더군. 우리도 고양이처럼 처리하면 돼. 용변을 보고 난 다음에 삽으로 떠서 기름통에 담는 거야. 그리고 모래를 덮고 뚜껑을 닫으면 냄새는 안 나겠지."

세풀베다의 말에 모두들 고개를 끄떡였다.

광부들은 서서히 세풀베다를 따르기 시작했다. 세르지아 쪽 광부들은 여전히 고집불통이었지만 체베스 쪽 젊은 광부들은 세풀베다의 노련함에 감탄했다. 물 문제나 화장실 문제 그리고 헬멧 전등 문제도 해결한 세풀베다는 잠시도 쉬지 않고 갱도를 샅샅이 훑었다. 이렇듯 세풀베다는 호탕한 성격에 젊은 광부들을 통솔하는 능력이 뛰어났다.

세풀베다는 다시 광부들을 데리고 탈출구를 찾기 위해 대피소를 떠났다.

그때 전직 프로축구 선수였던 로보스가 유령처럼 몸을 일으켰다. 그는 삽을 들고 세르지아가 있는 곳으로 걸어갔다. 대피소 여기저기에 쓰러져 있던 광부들은 로보스가 용변을 보러 가는 것으로 생각했다. 하지만 로보스는 세르지아를 찾아가 삽으로 등을 내리쳤다.

"물을 내놓지 않으면 너희를 다 죽여 버리겠어!"

로보스는 다른 광부들에게도 달려들었다.

"억! 왜, 왜 이래요!"

갑작스런 로보스의 행동에 당황한 세르지아는 넘어졌고, 로보스는 쉴 새 없이 주먹을 날렸다. 이들이 웅성거리는 소리를 들은 산체스 쪽 광부들이 하나둘씩 일어났다. 대피소에 있던 다른 광부들도 싸움에 끼어들었다. 싸움은 점점 커졌다.

광부들은 상대가 누군지도 모른 채 마구 주먹을 휘둘렀다. 자신의 주먹이 다른 광부를 때리든, 단단한 바위를 때리든, 그냥 허공을 가르든 상관없었다. 광부들은 자신들을 억누르는 절망을 향해 주먹을 날렸다. 사흘이 지났지만 구조가 될 거라는 희망은 점점 희미해지고, 이래 죽으나 저래 죽으나 마찬가지라는 생각 때문에 그들은 단단히 화가 나 있었다.

"그만해요! 주면 될 거 아니에요!"

결국 세르지아가 두 손을 들었다.

"물은 주겠어요. 하지만 계속 이런 식으로 괴롭히면 밖으로 나가더라도 갱도를 막아 버릴 거야. 그러니 더 이상 우릴 괴롭히지 마요."

"좋아. 단, 불도저 한 대 말고 다른 기계는 사용하지 마. 이건 작업반장으로서 명령하는 거다. 공기가 부족해서 숨쉬기가 힘들어."

어느새 우르수아가 와 있었다.

"쥐새끼처럼 숨어 있다가 이제 나타나서 뭐라고? 우린 알아서 살길을 찾을 테니 작업반장님은 다른 광부들이나 돌보시지요. 치사하게 숨어 있지만 말고!"

48

세르지아의 말에 우르수아의 표정이 험악해졌다.

"어허, 왜들 이래. 물도 받았으니 이제 화해해야지. 그리고 세르지아, 우리에게 이런 일이 생길 거라고 예상이나 했어? 이건 자연재해야. 왜 작업반장님에게 대드는 거야?"

세풀베다가 말했다.

"우리가 왜 이 고생을 하는데요? 처음부터 판단을 잘 했으면 이런 사고는 나지 않았을 거라고요! 그리고 광산이 무너지고 나서 작업반장님은 뭘 하셨죠?"

세르지아의 말은 거침이 없었다.

"됐어! 이렇게 싸운다고 해결될 문제가 아냐. 터널을 파는 건 맘대로 해! 하지만 여기 갇힌 이상 누군가의 통제에 따라야 해!"

"그게 누군데요?"

"음……."

세풀베다는 주위의 광부들을 찬찬히 둘러보았다. 그는 우르수아가 33명의 광부들을 대표해야 한다고 생각했다.

"작업반장."

"웃겨!"

세르지아와 몇몇 젊은 광부들이 피식 웃었다.

"이것들이……."

"생각 좀 해 볼게요. 대신 오늘은 우리를 간섭하지 말아요. 이

기분으로 대장 뽑기에 합류하고 싶지는 않거든요."

"그럼 내일 투표로 결정하도록 하지."

물통을 건네받은 세풀베다는 우르수아와 함께 대피소로 돌아왔다. 광부들은 돌아가며 물을 마셨다. 목을 축이면서도 광부들의 표정은 어두웠다. 싸우다가 다친 부위를 문지르며 인상을 찌푸리는 광부도 있었다.

"밤새 누가 내 참치를 가져갔어. 도대체 누구야?"

대피소에서 합판을 깔고 잠을 자던 광부 한 명이 울먹였다. 이렇게 식량을 빼앗긴 사람이 한두 명이 아니었다.

범인이 누군지는 밝혀지지 않았지만 이런 일이 잦아지자 광부들은 서로를 믿지 못하게 되었다. 세 팀으로 나뉘져 있던 광부들은 같은 팀 안에서도 서로를 의심하기 시작했다. 그러다 보니 좀처럼 편하게 눈을 감지 못했다.

불신은 걷잡을 수 없이 자라났다. 이제는 불신을 넘어서서 누군가가 자신을 죽여서 요리해 먹을지도 모른다는 불안감이 덮쳤다. 누가 이런 말을 한 것도 아니고 행동으로 옮긴 것도 아니었다. 하지만 불신과 불안감은 부풀어 오른 풍선처럼 광산 안을 둥둥 떠다녔다.

"아쿠나, 설마 날 잡아먹진 않겠지?"

마마니가 불쑥 물었다.

"글쎄……."

"글쎄라니? 잡아먹을 수도 있다는 거야?"

"누군가 한 명만 살아남는다면 어쩔 수 없이 먼저 죽은 사람들을 먹을 수도 있겠지. 영화에서도 그러잖아. 물이 없어서 오줌도 마시고……."

"넌 그렇게 해서라도 살고 싶어?"

"글쎄. 사흘을 굶어 보니 그럴지도 모른다는 생각이 들어."

"이곳은 지옥이야! 우린 오지 말아야 하는 곳에 왔어."

"누가 오고 싶어서 왔나?"

두 사람의 대화를 들은 세르지아는 하라에게 뭔가 귓속말을 했다.

그날 밤, 더운 공기에 지친 광부들은 손가락 하나 까딱할 힘도 없었다. 이제는 다른 것보다 배고픔을 참을 수가 없었다.

"지금 당장 빵 하나와 우유 한 잔을 주면 내 재산의 반을 주겠어. 누구 없어?"

"오리 바비큐를 맘껏 먹으면 소원이 없겠다!"

"여길 나가자마자 닭고기 스프에 호밀 빵을 마구 먹어야지. 고메스, 접시만 가지고 오면 내가 듬뿍 덜어줄게."

한참을 떠들고 난 광부들은 기운이 빠져서 입을 다물었다. 침묵도 덥고 탁했다.

당뇨병에 걸린 오헤다는 기침을 계속 하다가 눈을 감은 채 기척이 없었다. 세풀베다는 참치 깡통 하나를 오헤다에게 내밀었다. 간신히 눈을 뜬 오헤다는 참치 깡통을 보고도 금세 눈을 감아 버렸다. 세풀베다는 오헤다의 작업복 호주머니에 참치 깡통을 넣었다.

광부들은 죽음의 신이 광산에 찾아오고 있다고 생각했다. 살고 죽는 걸 마음대로 할 수는 없지만, 지하 700미터에 갇힌 그들에게는 이제 삶보다 죽음이 더 친숙했다. 아무리 강한 사람이라도 캄캄하고 더운 광산에서 사흘 동안 제대로 먹지도 못하고 지내는 건 견디기 힘든 일이었다.

지친 광부들의 눈이 스르르 감겼다. 광부들은 이내 깊은 잠에 빠졌다.

그때였다. 세르지아와 하라가 고양이처럼 살금살금 대피소로 들어왔다. 그들은 손전등으로 사람들의 얼굴을 하나씩 확인하다가 오헤다를 발견하고는 걸음을 멈추었다. 세르지아와 하라는 마주보며 씩 웃었다.

"이건 우리가 맡아 둘게요."

세르지아는 오헤다의 작업복 호주머니에서 참치 깡통을 꺼냈다. 그리고 오헤다의 얼굴을 자세히 내려다보았다. 마치 먹음직스러운 식량을 앞에 두고 침을 흘리듯 세르지아의 얼굴에 음흉

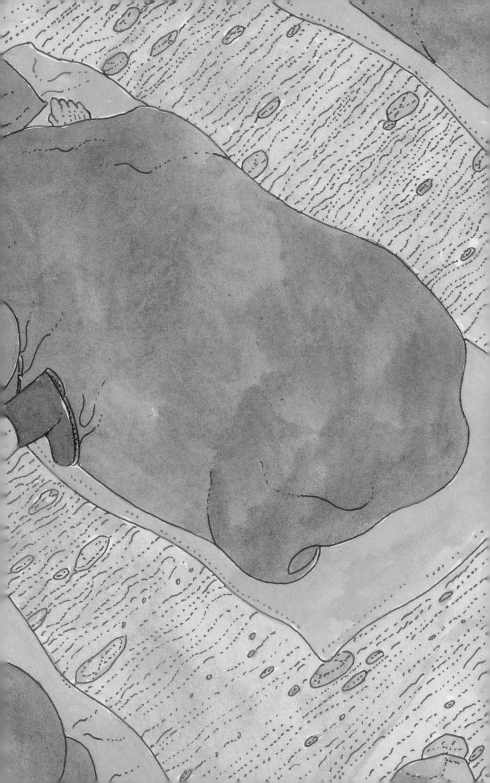

한 미소가 번졌다.

"그만해!"

"내가 뭘?"

"그 표정은 뭐야? 오혜다를 어떻게 하겠다는 거야?"

"이 바보야. 죽었는지 살았는지 확인해 본 것뿐이야."

세르지아가 실실 웃으며 침을 찍 뱉었다.

"넌 참, 무서운 녀석이야."

그때였다.

자는 줄 알았던 오혜다가 눈을 번쩍 떴다. 그러고는 세르지아의 손목을 붙잡았다.

"으앗!"

깜짝 놀란 세르지아가 뒤로 벌러덩 넘어지면서 세풀베다의 발을 밟았다. 하라는 뒤도 안 보고 줄행랑을 쳤다.

"여기서 뭐하고 있어?"

잠에서 깬 세풀베다가 세르지아에게 물었다.

"보면 몰라요? 여기에서 잠을 자려고……."

세풀베다는 재빠르게 헬멧을 쓰고 전등을 켰다. 세르지아의 손에 오혜다에게 준 참치 깡통이 들려 있었다.

"그 참치는 누구 거야?"

"아, 이거……."

세풀베다는 주먹을 불끈 쥐었다.

"주웠어요. 주워 먹는 게 나쁜 건가요?"

"이 캄캄한 광산에서 참치 깡통을 주웠단 말이야? 빈 깡통도 아니고 새것을?"

"주웠다는데 왜 그러세요?"

세르지아가 우물쭈물하며 돌아서려는 순간 세풀베다가 세르지아의 등을 발로 찼다. 세르지아는 앞으로 고꾸라졌다. 세풀베다는 한 번 더 발로 찼다. 심하게 휘청거리던 세르지아가 도망가기 시작했다.

세르지아는 캄캄한 갱도를 전속력으로 달렸다. 발에 돌이 차이는 소리와 두 사람의 숨소리만 들릴 뿐 아무 소리도 들리지 않았다. 세풀베다도 숨을 헐떡이며 그 뒤를 쫓았다.

500미터쯤 뛰어간 세르지아가 천천히 걷다가 멈춰 섰다. 그 소리를 들은 세풀베다도 천천히 걷기 시작했다. 하지만 세르지아의 모습은 보이지 않았다. 세풀베다는 계속 앞으로 나아갔다. 조심스럽게 팔을 뻗자 무언가 손에 닿았다. 세르지아였다.

"절 죽일 건가요?"

나지막한 목소리로 세르지아가 물었다.

"두 번의 용서는 없어!"

세풀베다가 세르지아의 멱살을 잡았다.

"지금 제 왼손에는 돌이 있어요. 이곳에서 가장 뾰족한 돌일 겁니다. 저는 광산이 무너지는 그 순간부터 두려움이 없어졌어요."

"그 돌로 날 죽이겠다는 거냐?"

"당신과 나 중 한 사람이 죽어야 한다면 전 죽지 않을 작정입니다."

"그럼 내가 죽어야겠군. 돌로 날 내리쳐!"

두 사람 사이에는 어둠과 숨소리만 존재했다.

세르지아가 처음 산호세 광산에 들어왔을 때 세풀베다가 일을 정성껏 가르쳐 주었다. 세르지아는 뛰어난 순발력과 리더십으로 광부들을 잘 이끌던 세풀베다를 형처럼 잘 따랐다. 세풀베다는 늘 배고픔에 시달리는 광부들에게 집에서 구워 온 쿠키를 나누어 주곤 했다. 누구보다 세르지아는 그 쿠키를 맛있게 먹었다.

그랬던 세르지아가 세풀베다를 돌로 겨누고 있었다. 세르지아의 손이 부르르 떨렸다. 세르지아는 이 모든 게 사무실에 앉아 귀나 후비고 있는 사람들 탓이라고 생각했다. 그런 책임자들에 대한 분노가 세풀베다에게 표출된 것이었다.

침묵의 시간은 꽤 길었다.

두 사람은 어둠 속에서 꼼짝도 하지 않았다. 세풀베다도 생각에 잠겼다. 착하던 세르지아가 이렇게 변한 건 광산이 무너져서였다. 그리고 경험이 많은 광부들이 우왕좌왕하면서 젊은 광부들을 잘 돌보지 않아서 이런 일이 일어났다고 생각했다.

하지만 세풀베다도 어쩔 수 없었다. 광산이 무너질 때 광부들은 작업반장의 판단을 기다리고 있었다. 뭔가 불길한 느낌이 든 광부들이 얼른 나가자고 했고 실제로 몇 명은 밖으로 나갔다.

하지만 우르수아는 머뭇거렸다. 세풀베다는 이런 우르수아의 판단을 어느 정도 이해할 수 있었다. 두려움을 안고 빠져나간 광부는 두 번 다시 광산에서 일할 수 없기 때문이었다.

"우리 정말 나갈 수 있을까요?"

한참 뒤 세르지아가 입을 열었다.

"희망이 없으면 광부가 될 수 없다는 거 몰라? 광부는 희망을 캐는 직업이야."

세풀베다가 말했다.

"형님은 그런 희망을 봤나요?"

"희망을 못 봤다면 지하 700미터까지 들어왔겠어? 구리를 한 삽씩 캐낼 때마다, 먼지를 한 주먹씩 마실 때마다, 희망이 없었다면 광산을 떠났을 거야."

"저는 너무 가난했습니다. 그래서 광부가 되었어요. 광산에서 일을 하게 되었지만 전 단 한 번도 희망을 본 적이 없어요. 지금도 마찬가지고요."

"칠레 광부들치고 가난하지 않은 사람이 있나? 산호세 광산의 광부들 중 떵떵거리고 잘사는 사람이 있었던가? 응? 그래도 가족들의 걱정을 뒤로하고 광산에서 일하는 건 희망을 캐기 위해서야. 네가 희망을 보지 못한 건 네가 생각하는 희망이 축구공만 해서 보이지 않은 거야. 여긴 네가 마신 먼지만큼 희망을 주는 곳이야."

"……."

세르지아가 쥐고 있던 돌을 툭 떨어뜨렸다.

"광산은 축구장과 다른 곳이야. 감독도 코치도 구단주도 축구팬들도 모두 똑같은 일을 하는 곳이지. 누구는 굴착기로 구리를 채취하고, 누구는 트럭에 싣고, 누구는 운전을 하고…… 각자 역할이 나누어져 있지만 지하 700미터에서 일하는 건 다 똑같아. 자기만 힘들다고 생각하면 안 돼."

"이제 어떻게 해야 하죠?"

세르지아가 말했다.

"사람들에게 용서를 구해야지."

"……."

세풀베다와 세르지아는 나란히 걸었다. 대피소까지는 꽤 먼 길이었다. 두 사람의 발에 차이는 돌소리만 들릴 뿐, 사방은 쥐

죽은 듯이 조용했다.

저만치 대피소가 보였다. 세풀베다는 세르지아의 어깨에 팔을 올렸다. 잠이 깬 광부들이 서성거리며 두 사람을 기다리고 있었다. 세르지아는 광부들의 얼굴을 마주보지 못하고 고개를 푹 숙였다. 그러고는 오헤다 앞에 무릎을 꿇었다.

"죄송합니다. 제가 참치를 훔쳤습니다."

광부들이 세르지아를 에워쌌다.

"미안해 할 거 없어."

오헤다는 계속 기침을 했다. 하루하루 눈에 띄게 건강이 나빠지고 있었다.

"용서해 주세요."

"자네 잘못이 아냐. 이 망할 광산만 무너지지 않았다면 이렇게 되지는 않았을 거야."

세 팀으로 갈라서 있던 광부들이 비좁은 대피소 안으로 모여들었다. 그들은 모두 촛불을 바라보면서 반성했다. 어떤 광부는 기도문을 외웠고, 또 어떤 광부는 흐느껴 울기도 했다. 아주 깊은 지하 세계에서, 아무도 사람이 있다고 생각하지 못할 광산에서 33명의 광부들이 뜨거운 눈물을 흘리고 있었다.

4일째

광부들은 자주 한숨을 쉬며 천장을 쳐다보았다. 꿈에서는 천장에 구멍이 뻥 뚫리면서 눈부신 햇빛이 쏟아졌는데 현실은 정반대였다. 광부들은 시들시들 말라죽는 꽃처럼 기운이 없었다.

갱도를 한 바퀴 돌고 온 고메스가 우르수아를 불러냈다.

"우르수아, 이대로는 안 되겠어."

"......"

"자네가 대장이 돼서 우릴 이끌어야 해."

우르수아도 늘 생각하고 있던 문제였다.

"지금에 와서 누가 제 말을 듣기나 하겠어요?"

"그래도 자넨 작업반장이잖아. 서른세 명의 책임자야!"

"그렇긴 하지만……."

우르수아가 처음부터 나서지 못한 건 작업반장이라는 책임감 때문이었다. 그는 처음 광산이 흔들릴 때 광부들을 데리고 나가지 못한 죄책감에 사로잡혀 있었다.

"우르수아, 지금 우리에게 가장 필요한 것이 무엇인지 아나?"

"식량이겠지요."

"아닐세."

"그럼 뭐죠?"

"희망을 줄 수 있는 훌륭한 리더야."

고메스는 지금처럼 세 팀으로 나뉘어 지내다가는 굶어 죽기 전에 지쳐서 쓰러질 것이라고 생각했다. 33명이 전부 살아남기 위해서는 질서와 리더가 필요했다.

"리더가 필요하긴 하죠⋯⋯."

고메스는 우르수아의 등을 가만히 토닥였다. 고메스는 우르수아가 이전에 보여 줬던 신뢰를 다시 광부들에게 보여 주기를 기대하고 있었다. 아무리 생각해 봐도 33명을 대표할 만한 사람은 우르수아였다.

"자넨 충분한 능력이 있네."

"네⋯⋯ 부족하지만 한번 해 보겠습니다."

우르수아의 말이 끝나자마자 고메스는 세풀베다를 불렀다.

대피소 바닥을 다듬고 있던 세풀베다가 왔다. 고메스는 세풀베다에게 33명의 중심이 되어야 할 사람은 자신도 세풀베다도 아닌 우르수아라고 말했다. 세풀베다는 흔쾌히 고개를 끄덕였다.

"그럼요! 작업반장님이 이런 혼란의 중심에 서서 지휘하셔야지요! 저도 힘껏 돕겠습니다."

"세풀베다, 고마워!"

우르수아는 활짝 웃었다.

"세풀베다, 자네가 투표를 진행해 주게."

"네, 알겠습니다."

세 사람은 대피소로 향했다. 세풀베다는 쓰러져 있는 광부들을 한 사람씩 일으켜 세워서 대피소로 데리고 왔다. 귀찮게 왜 그러느냐는 사람들을 앉혀 놓은 후 세풀베다는 터널을 파고 있는 세르지아에게 갔다. 세풀베다는 세르지아에게 회의에 참석해 달라고 말했다. 세르지아는 군소리 없이 네 명의 광부들을 데리고 대피소로 왔다.

"이제부터는 세 개의 팀이 아니라 하나의 조직이 되어야 합니다. 광부에게는 이런 일이 있을 수 있습니다. 이게 우리 칠레 광부들의 운명이라고 생각합니다."

우르수아가 말했다.

"우리의 운명이 끝나는 날까지, 우리는 자랑스러운 칠레 광부로서 질서를 지키며 살아야 합니다."

"이제 와서……."

우르수아의 말에 광부들이 웅성거리기 시작했다.

어쩔 수 없이 세풀베다가 앞으로 나섰다.

"어쩌다가 우리가 이렇게 됐는지 모르겠습니다. 한때는 친한 동료이자 애들 자랑도 곧잘 하던 선후배 사이였습니다. 그런데 이게 어떻게 된 일입니까? 지금 당장 우리가 죽습니까? 아닙니다. 우리는 살 수 있습니다. 우리는 광부로서 해야 할 일을 했고, 또 우리를 구조할 사람들 역시 그들이 맡은 일을 충실히 수행할 것입니다. 우리는 구조되기 전까지 작업반장의 말대로 질서를 유지하고 건강하게 살아남아야 합니다. 그렇게 하기 위해서는 지도자가 필요합니다. 여러분들이 지도자를 추천해 주십시오. 그리고 투표를 통해 추천된 사람들 중 지도자를 뽑읍시다."

세풀베다가 목소리를 높여 말했다.

"좋소! 나는 세풀베다 당신을 추천하오. 당신이 보여 준 모범적인 행동은 우리 모두에게 믿음을 주었소!"

"또?"

"나는 고메스를 추천합니다. 우린 정신적으로 힘을 줄 지도자가 필요합니다."

"또?"

광부들은 서로의 얼굴만 바라볼 뿐 조용했다. 세풀베다가 이런 분위기를 깨고 입을 열었다.

"나는 우르수아를 추천합니다. 우르수아는 우리의 작업반장입니다. 그를 따르는 건 우리가 해야 할 일 중 하나입니다. 우리가 위급할 때 우르수아가 자리를 지키지 못한 건 갱도가 무너지면서 혼자 고립되었기 때문입니다. 이러한 사실을 여기 있는 우리가 아니면 누가 이해해 주겠습니까?"

잠시 침묵이 흘렀다.

"추천할 사람이 또 있습니까?"

더 이상의 추천자는 나오지 않았다. 광부들은 길게 한숨을 내쉬며 어쩌다가 이런 상황까지 왔는지 한탄했다.

"그럼 손을 들어 투표를 하겠습니다. 먼저 고메스가 지도자가 되었으면 하시는 분?"

몇 명이 손을 들었다. 세풀베다는 헬멧의 전등으로 비춰 가며 수를 헤아렸다. 모두 세 명이었다.

"다음은 우르수아입니다. 우리는 하루 이틀 만에 밖으로 나갈 수 있는 상황이 아닙니다. 그러니 작업반장에게 기회를 주는 것도 나쁘지 않을 겁니다. 자, 우르수아가 지도자가 되었으면 하시는 분 손들어 주십시오."

고메스가 제일 먼저 손을 들었다. 다른 광부들은 잠시 고민하는 표정을 짓더니 하나둘씩 손을 들기 시작했다. 전부 열다섯 명이었지만 과반수가 되지 않았다.

세풀베다는 손을 들지 않은 몇몇 사람의 얼굴을 헬멧 전등으로 비췄다. 세르지아와 산체스, 오헤다였다. 세풀베다는 굳게 입을 다물고 계속 전등으로 그들의 얼굴을 비추었다. 신뢰를 얻고 싶으면 신뢰를 보내라는 무언의 빛이었다.

"우르수아를 지지합니다."

세르지아가 손을 들었다.

"저도……."

산체스가 입을 열었다.

"나도……."

오헤다도 손을 들었다.

이렇게 해서 우르수아가 지도자로 뽑혔다.

세풀베다는 활짝 웃으면서 우르수아를 껴안았다. 그러고는 호주머니에 넣어 두었던 식량들을 테이블 위에 올려놓았다.

"고맙습니다. 우리 모두가 구조될 수 있도록 최선을 다해 노력하겠습니다. 그 순간까지 잘 버티려면 우선, 여러분이 가지고 있는 식량을 저에게 맡겨 주셔야 합니다. 그리고 구조대가 오기 전까지는 반씩 나눠서 자야 합니다. 우리 모두가 잠든 사이에 신호를 보낼 수도 있기 때문입니다. 이런 규칙들을 철저하게 지켜야 단 한 명의 낙오자도 없이 구조될 것입니다."

우르수아의 말에는 힘이 실려 있었다. 하지만 광부들은 서로를 마주보며 수군거리기 시작했다. 지하 700미터에서 살아남기 위해서는 다른 무엇보다 식량이 중요했다. 그래서인지 식량을 맡기라는 우르수아의 말에 광부들의 얼굴이 창백하게 변했다. 작업반장에게 자신들의 목숨을 맡기는 셈이었다.

곳곳에서 긴 한숨 소리가 들렸다. "주님, 이게 주님의 뜻이라면 따르겠습니다." 하고 기도하는 소리도 들렸다.

아발로스가 우르수아 앞으로 다가가 가지고 있던 참치 깡통을 건넸다. 바르리오스도 주섬주섬 호주머니를 뒤져서 쿠키 몇 개를 테이블 위에 올려놓았다. 세르지아와 산체스도 가지고 있던 식량을 내놓았다. 서로 눈치를 살피던 다른 광부들도 가지고 있던 식량들을 꺼내기 시작했다.

"우리는 구조될 때까지 버텨야 하지만 보시다시피 식량은 턱없이 부족합니다. 이건 누구의 잘못이 아닙니다. 이것들은 엄연히 비상식량이고 우린 비상 상황입니다. 여러분, 잘 들으십시오. 앞으로 1인당 이틀에 한 번씩 두 스푼의 참치와 쿠키 반 조각, 우유 반 컵을 나눠 드리겠습니다. 그리고 산소가 줄어드는 것을 막고 물을 찾으려면 불도저 외에 어떤 기계도 사용하면 안 됩니다."

광부들의 눈이 동그랗게 커졌다.

"말도 안 돼……."

"아니, 어떻게 이틀을 참치 두 스푼으로 버티라는 거야?"

우르수아는 눈을 감고 광부들의 웅성거림이 멎길 기다렸다가 계속 말을 이었다.

"아침 7시에 아침 식사를 하도록 하겠습니다. 12시에 점심을 먹고, 오후에는 각자 취미 활동 시간을 갖도록 하겠습니다."

"취미요? 밖에서도 없었던 취미를 여기서 만들라는 말입니까?"

엔리케스였다.

"엔리케스, 자넨 성경에 대해서 잘 알지? 자네가 우리를 대표해서 기도를 해 주게나."

"그렇게 하죠. 아멘."

"바르리오스! 자넨 간호학을 공부했다고 들었네. 자네가 매일 환자들의 건강을 체크해 주게나. 며칠 전까지만 해도 우리는 모두 광부였지만 지금은 각자의 능력을 최대한 발휘해야 합니다. 그래야 하루빨리 구조될 수 있습니다."

모두 박수를 쳤다.

나흘째가 돼서야 광부들은 조직적으로 움직이기 시작했다.

우르수아는 광부들의 나이와 전공, 능력을 모두 고려해서 알맞은 일을 시켰다.

앞으로 생활하는 데 가장 중요한 공기와 물 관리는 젊은 광부들이 맡았다. 또 간호학을 전공하거나 환자를 돌본 경험이 있는 광부들이 아픈 사람들을 보살폈다. 성경 공부를 한 광부는 환자들에게 용기와 희망을 불어넣는 역할을 맡았다.

그리고 글을 잘 쓰는 광부에게는 일지를 쓰게 했고, 책을 많이 읽은 광부에게는 사람들에게 이야기를 들려주도록 했다. 하루하루가 건조한 지하 생활에서 재미있는 이야기는 희망을 품을 수 있는 값진 것이었다.

뜻밖의 소식이 날아들었다. 갱도를 살피던 광부가 물을 발견했다는 것이었다. 우르수아와 세풀베다, 고메스는 소식을 듣자마자 현장으로 달려갔다. 광부가 손가락으로 가리키는 곳을 보니 바위틈에서 물이 졸졸 흐르고 있었다. 기적과도 같은 일이었다. 그동안 기름이 둥둥 떠 있는 물을 역겹게 마시던 광부들은 환호성을 질렀다.

"이제 샤워도 할 수 있겠는걸."

광부들은 컵에 물을 받아 마셨고, 지하에 갇힌 지 나흘 만에 몸을 씻을 수 있었다.

한결 밝아진 광부들의 표정을 본 우르수아와 세풀베다, 고메스 역시 기운이 났다. 그들은 머리를 맞대고 구조 신호를 어떻게 보낼지 의논했다. 세풀베다는 트럭의 경적을 계속 울려서 살아 있는 것을 알려야 한다고 말했고, 우르수아는 이 의견에 동조했다. 늦게 이들과 함께 한 아발로스는 폭약을 터뜨려서 구조 신호를 보내자고 제안했다.

"대피소마저 폭삭 무너지면 어쩌려고……."

우르수아가 걱정스러운 얼굴로 말했다.

"500미터 지점에서 터뜨리면 괜찮을 거예요. 어때요?"

"트럭 경적보다는 폭약을 사용하는 게 나을 거 같은데?"

세풀베다는 아발로스의 의견에 동의했다.

"좋아. 그러면 아침저녁으로 한 번씩 터뜨리자고."

결국 우르수아도 아발로스의 의견에 따르기로 했다.

"지금 당장 해 보는 건 어때?"

세풀베다가 말했다.

"좋아요. 우리의 신호가 들린다면 지상에서도 구조를 쉽게 포기하지는 못할 거예요."

"구조대의 입장은 그렇겠지만 생사가 달린 건 우리니까 더 적극적으로 신호를 보내야 해."

"그럼, 정확하게 한 시간 뒤에 터뜨릴게요. 우리가 신호를 보내면 틀림없이 구조대도 신호를 보내올 겁니다. 다른 광부들도 그 신호를 들어야 해요."

아발로스는 젊은 광부 두 사람과 함께 대피소를 빠져나갔다. 어쩔 수 없이 그들은 트럭을 몰았고 기름 냄새가 대피소 안에 가득 퍼졌다. 광부들은 코를 감싸 쥐었지만 어제보다는 밝은 표정이었다.

"자, 우리는 조용히 귀를 기울입시다."

한 시간쯤 지나자, 쿵 하는 소리가 들렸다. 광부들은 두 손을 모으고 구조대에서 신호가 오기를 기다렸다. 대부분은 눈을 감은 채 작은 소리도 놓치지 않으려고 귀를 세웠고, 벽에 귀를 바짝 붙인 채 꼼짝 않는 광부도 있었다.

하지만 신호는 들리지 않았다.

그날 오후, 아발로스는 두 번째 폭약을 터뜨렸다. 그 소리는 지하 700미터 대피소에 33명의 광부들이 살아 있다는 간절한 메시지였다.

그래도 구조대의 신호는 들리지 않았다.

광부들은 다시 초조해졌다. 희망은 곧 절망으로 바뀌었고, 절망은 곧 죽음이라는 생각에 잠을 이루지 못했다.

"우리 다섯 명은 갱도를 뚫는 일을 계속하겠습니다."

세르지아가 우르수아에게 말했다.

"구조대를 기다리는 것도 좋지만 할 수 있는 일은 해 봐야죠. 구조대가 오기 전에 우리가 먼저 터널을 팔 수도 있잖습니까."

우르수아는 세르지아를 말리지 않았다.

"좋아. 그렇게 해."

세르지아가 네 명의 광부들을 데리고 대피소를 빠져나갔다. 그들의 뒷모습을 바라보던 우르수아는 가슴이 아팠다. 지긋지긋한 가난 때문에 어쩔 수 없이 광산으로 모여든 젊은 광부들이 살기 위해 땅을 파야 하다니. 어느새 우르수아의 눈가가 촉촉하게 젖어 있었다.

대피소의 분위기는 침울했다. 광부들은 여기저기에 축 늘어져 있었다. 우르수아는 빌라르룔을 불렀다.

"자네가 우릴 즐겁게 해 줘야겠네. 오락부장이 되어 주게."

"이런 분위기에서 가능할까요?"

"이럴수록 즐거움을 찾지 않으면 절망밖에 남지 않을 거야. 힘들겠지만 자네가 좀 맡아 주게."

"네, 해 볼게요."

스물여섯 살의 빌라르룔이 대피소 한가운데로 나섰다. 빌라르룔은 자랑스러운 표정으로 작업반장인 우르수아가 자신을 오락부장으로 뽑아 주었다고 말했다. 그리고는 입담을 발휘해 재미있는 이야기를 시작했다. 우울했던 대피소에 잠깐이나마 웃음이 피어났다.

이야기를 마친 빌라르룰은 한 사람씩 자기소개를 하자고 제안했다. 그동안 광산에서 함께 일했지만 친한 동료가 아니면 서로를 잘 알지 못했다. 아발로스가 제일 먼저 자신을 소개했다.

"저는 서른한 살입니다. 고메스와 비교하면 턱없이 어린 청년입니다. 저는 여러분과 마찬가지로 두려움에 떨고 있습니다. 하지만 저는 작업감독입니다. 광산이 무너지기 전에 이상한 소리를 들었지만 여러분들을 이끌고 나가지 못한 게 너무 후회스럽습니다. 저의 잘못이 큽니다. 여러분들이 돌을 던져도 다 맞겠습니다. 앞으로는 작업감독이 아니라 여러분과 함께 일하는 광부로 봐주십시오. 처음에 너무 놀라서 우왕좌왕했던 점 죄송합니다. 앞으로 여러분들을 위해서라면 어떤 일이라도 하겠습니다."

아발로스는 눈물을 쓱 닦은 후 자리에 앉았다. 옆에 있던 광부가 아발로스의 등을 툭툭 두드려 주었다.

광부들은 아무도 아발로스를 원망하지 않았다. 광산 안에 갇힌 이상 작업반장이든 작업감독이든 광산주든 모두 같은 운명이었다. 그래서 33명의 광부들은 똑같이 먼지를 뒤집어쓰며 생사를 함께 해야 한다고 생각했다.

모두들 이런 생각에 잠겨 있을 때 한 광부가 조용히 일어섰다. 다른 광부들은 그 광부가 자기소개를 하기 위해 일어섰다고 생각했다. 그런데 그 광부는 주먹을 쥐더니 구호를 외치기 시작했다.

"치치치 레레레, 비바 칠레!"

광부들은 잠시 침묵을 지켰다. 그러다가 하나둘씩 일어나기 시작했다.

우르수아가 아발로스와 어깨동무를 했다.

아발로스가 고메스와 어깨동무를 했다.

고메스가 세풀베다와 어깨동무를 했다.

대피소에 있던 광부 모두가 어깨동무를 했다.

"치치치 레레레, 비바 칠레!"

이 구호는 '칠레여, 영원하라' 는 뜻이었다.

어깨동무를 한 광부들은 칠레 국가를 부르며 눈물을 흘렸다. 광부들의 목소리는 대피소 밖까지 울려 퍼졌다.

5일째

아침이 되자 광부들은 길게 줄을 섰다. 아침 식사를 하기 위해서였다. 우르수아는 참치 두 스푼과 쿠키 반 조각, 우유 반 컵씩을 나누어 주었다. 아무도 얼굴을 찌푸리거나 불평을 늘어놓지 않았다.

식사를 마친 광부들은 세 사람이 한 조가 되어 갱도를 살폈다. 그들은 흩어져 있는 기계들을 모으고, 갱도를 막고 있던 돌을 치우고, 작업 일지를 찢어서 각자 일기를 썼다.

우르수아는 갱도를 뚫고 있는 세르지아 쪽에게도 매일 작업 속도와 상황을 보고하도록 했다. 하지만 장비가 부족하고 체력이 많이 떨어진 상태라 갱도를 뚫는 일은 쉽지 않았다.

우르수아는 지도를 그리기 시작했다. 매일 다니던 갱도였지만 그림으로 그리려고 하니 굴곡과 경사도가 정확하지 않았다. 혹시 구조대에서 신호를 보낸다고 해도 지하 700미터에 있는 대피소에서는 그 소리를 듣지 못할 수도 있었다.

우르수아는 100미터마다 한 명씩 보초를 세웠다. 그리고 무슨 소리가 들리면 100미터마다 상황을 전달해서 대피소에서도 알 수 있도록 했다.

대피소에는 다시 생기가 돌았다. 몇몇 광부들은 오락부장의 장단에 맞춰 노래를 불렀다. 운동하는 광부도 있었고 산책을 하며 생각에 잠긴 광부도 있었다. 광산 안의 대피소였지만 그들은 어느 한적한 들판에 캠핑을 온 것처럼 보였다.

우르수아는 벽에다가 조직 표를 붙였다. 그 표에는 33명의 광부들이 각자 어떤 일을 해야 하는지 자세히 적혀 있었다.

"며칠이나 버틸 수 있을까?"

고메스가 우르수아에게 나직이 물었다.

"최대한 아껴 먹고 공기가 오염되지 않는다면 한 달을 버틸 수 있을 거예요."

"그동안 구조대가 오지 않으면?"

"⋯⋯."

우르수아는 말을 잇지 못했다. 차마 상상할 수도 없고 상상하기도 싫은 일이었다.

"그때를 준비해야 하지 않을까?"

"벌써요?"

"당연하지."

고메스와 우르수아는 나란히 갱도를 걸었다. 며칠 전까지만 해도 일터였던 갱도가 광부들의 무덤이 될 수도 있다니. 두 사람은 오래도록 말없이 걸었다.

600미터 지점에 도착하자 그다지 넓지 않은 공간이 나왔다. 이곳이라면 대피소와도 꽤 떨어져 있고, 나중에 구조대가 도착하더라도 쉽게 발견할 수 있을 것 같았다.

고메스는 33명이 전부 묻히기에는 좀 좁을 것 같다고 말했다. 하지만 우르수아는 33명이 한꺼번에 죽는 게 아니기 때문에 안으로 들어가면서 묻으면 충분하다고 말했다.

"이곳을 발견한 사람들이 서른세 개의 비석을 보고 뭐라고 말할까?"

고메스가 말했다.

"글쎄요…… 시인 네루다*도 비슷한 이야기를 하지 않았나요?"

"그랬지. 노벨문학상을 받는 자리에서 그런 말을 했지. 네루다도 광부의 아들이었다니, 칠레에서 광부로 사는 건 자랑스러운 일이야."

우르수아는 고개를 끄덕였다.

고메스의 말대로 칠레에서 광부의 역할은 중요했다. 칠레는 광부들이 캐내는 구리로 국민들 대부분이 먹고사는 나라였다. 구리 생산량이 세계 1위인 칠레는 세계 구리 소비량의 35% 이상을 공급하고 있었다. 그래서 1810년에 스페인으로부터 독립한 칠레는 아옌데 정부가 들어서면서 광산을 국유화했다. 아옌

파블로 네루다(Pablo Neruda, 1904~1973) : 시인이자 정치인, 외교관이었던 네루다는 1904년 7월 12일에 칠레 중부의 포도주 산지인 빠랄에서 태어났다. 아버지는 철도노동자였고, 어머니는 교사였다. 네루다의 시적 재능은 초등학교 시절부터 드러나기 시작했다. 열 살 때부터 시를 쓰기 시작한 그는 열네 살이었던 1918년에 「나의 눈」을 발표했다. 1923년에는 첫 시집 『황혼의 노래』를 출간하고, 이듬해에는 그의 대표적인 시집인 『스무 편의 사랑의 시와 한 편의 절망의 노래』를 출간했다. 그때 그의 나이는 스무 살이었다. 산티아고의 대학교에서 프랑스어와 교육학을 공부한 네루다는 1927년부터 버마, 실론(지금의 스리랑카), 자바, 싱가포르, 부에노스아이레스, 바르셀로나, 마드리드에서 명예영사로 근무했다. 1936년에 스페인 내란이 일어났을 때, 그는 마드리드 주재 영사로 있었다. 스페인 내란과 프랑코 군부에 의한 로르카의 처형은 그의 시 세계를 양분하는 기점이 되었다. 아옌데 집권 시절에 파리 주재 대사로 임명된 네루다는 1971년 노벨문학상을 수상했다. 이듬해 지병이 악화돼 대사직에서 물러나고 귀국한 그는 1973년 9월 11일 자택에서 아우구스토 피노체트 장군의 쿠데타 소식을 접했다. 네루다의 지병은 아옌데 대통령이 모네다 대통령궁에서 장렬한 최후를 맞이했다는 소식을 들은 후 악화됐다. 결국 쿠데타가 일어난 지 12일 만인 9월 23일, 네루다는 산티아고의 한 병원에서 69세를 일기로 사망했다. 그의 장례식은 군부에 맞서 칠레 민중들이 벌인 쿠데타 이후 최초의 대규모 집회가 됐다. 네루다는 노벨상 수상 연설에서 시인의 사명에 대해 다음과 같이 말했다.

"이 끝없는 투쟁에 시인이 동참하려면, 땀과 빵과 포도주와 모든 인간의 꿈에 참여하지 않으면 안 됩니다. 내 시 한 편 한 편은 유용한 노동의 수단이 되기를 원했으며, 내 노래 하나하나는 서로 교차하는 두 길을 위한 표지로 내걸리기를 갈구했고, 어느 누군가가, 다른 이들이, 다음 세대가 새로운 표지들을 새겨 넣을 돌 조각 하나, 나무 조각 하나가 되기를 열망해 왔습니다."

데 전 대통령은 광산을 칠레의 월급이라고 말할 정도였다.

"우리나라에서 광부는 특별한 존재야. 가족을 먹여 살리고 나라를 먹여 살리니까. 이런 광부들이 33명이나 갇혔으니 틀림없이 구조대가 올 거야!"

"저도 믿고 있어요."

"다만, 언제 오느냐가 중요하겠지. 지하 700미터까지 내려오려면 적어도 한 달은 걸릴 거야. 그때까지 몇 명이나 살아 있을지…… 만약 한 명도 살아남지 못하더라도 우리는 국가나 국민들을 원망하지 않고, 다음 세대가 희망을 캘 수 있도록 광산에서 일하다가 죽었다는 걸 보여 줘야 해."

고메스가 말했다.

"네루다가 살아온 거 같은데요?"

우르수아가 웃으며 말했다.

"광산에서 20년만 지내면 다 혁명가가 되지."

두 사람은 다시 대피소 쪽으로 발걸음을 돌렸다. 점점 탁해지는 공기 때문에 자주 기침이 나왔다.

대피소로 돌아온 우르수아는 광부들의 건강 상태를 하나하나 확인했다. 대부분의 광부들은 굶주림과 탁한 공기 때문에 힘들어 했지만 이틀 전보다는 훨씬 나은 상태였다. 다만 오헤다와 같이 당뇨병이 있거나 광산이 무너질 때 다친 사람들은 지속적으로 돌봐야 했다.

광부들은 진폐증과 규폐증에 걸리기 쉬웠고, 햇빛을 보지 못해서 비타민 D가 부족했다. 그래서 움직임이 부자연스러웠다. 또 운동량이 부족해서 생기는 병에 시달렸다. 그리고 밤낮이 일정하지 않기 때문에 멜라토닌 분비가 안 되어서 잠을 못 자는 광부들도 많았다. 폐소공포증과 우울증 때문에 신경질을 내거나 젖은 솜처럼 가라앉아 있는 광부들도 있었다. 그래서 우르수아는 젊은 광부들에게 조금이라도 이상이 있는 환자들 곁을 떠나지 말라고 당부했다.

"반장님, 신호를 보낼 시간입니다."

아발로스가 폭약을 들고 말했다.

"아, 벌써? 조심하게. 이쪽에서도 무슨 소리가 들리면 연락을 하지."

아발로스는 광부 몇 명을 데리고 대피소를 빠져나갔다.

잠시 후, 쿵 하는 소리와 함께 대피소가 흔들렸다. 역시나 광부들은 벽에 귀를 붙이고 작은 신호라도 놓치지 않기 위해 숨을 죽였다. 하지만 10분이 지나고 20분이 지나도 신호음은 들리지 않았다.

"쿵!"

폭약 소리가 한 번 더 울렸다. 하지만 그것도 허사였다. 그래

서인지 아발로스는 몇 번 더 폭약을 터뜨렸다. 눈을 감고 앉아 있던 세풀베다가 갑자기 벌떡 일어섰다. 폭약마저 다 떨어진다면 죽음이 성큼 다가와 손을 내밀 것 같았다.

"안 되겠어. 우린 뭐든 아껴야만 살 수 있어. 빨리 가서 아발로스에게 멈추라고 해!"

젊은 광부 한 명이 뛰어나갔다. 고메스도 세풀베다의 말에 고개를 끄떡였다. 화가 난다고 해서 폭약을 마구 터뜨릴 수는 없었다.

한참 뒤 아발로스가 대피소에 도착했다.

"폭약이 몇 개 남았지?"

세풀베다가 화난 얼굴로 물었다.

"세 개요……."

"왜 그랬어? 그것마저 없으면 어떻게 되는지 몰라?"

"잘 압니다. 하지만 저렇게 큰 폭약 소리도 못 듣는 바보가 어디 있습니까? 땅 위에까지 들릴 텐데 왜 사람들은 가만히 있을까요? 화가 치밀어서 그랬습니다."

세풀베다는 한숨을 쉬었다. 아발로스의 말처럼 폭약이 터지면 바위 바닥을 통해 지상까지 소리가 전달되는 건 사실이었다. 작게라도 폭약 소리를 들었다면 바로 구조대가 신호를 보내는 것이 옳았다.

그런데 어떤 신호음도 들리지 않는다는 건 수상한 일이었다. 지상에서 광부들이 모르는 음모가 벌어졌다고 추측할 수도 있었다. 예를 들어 광부들이 전부 죽었다고 생각해서 장례식을 치렀거나 광부들에게 지급해야 할 월급과 보험금 등이 아까워서 죽었다고 소문을 퍼뜨리고 모르는 척하는 것일 수도 있었다.

"우리가 노력하는 것만큼 지상에서도 노력하고 있을 거야. 좀 길게 생각하자고. 우린 계속 신호를 보내야 해."

세풀베다가 말했다.

"하지만 벌써 5일이나 지났잖아요."

아발로스는 계속 투덜거렸다.

"우리도 처음에는 우왕좌왕했지만 이제 간신히 질서를 찾았잖아. 지상에 있는 사람들도 놀랐겠지. 광업부 장관에게 알리고, 대통령에게도 연락해서 구조 계획을 세우고 있을 거야."

"대통령도 우리가 갇힌 걸 알까요?"

"서른세 명이나 갇혀 있는데 대통령이 모르겠어?"

"그렇겠죠?"

광부들이 세풀베다 주변으로 몰려들었다. 대통령이 이런 기막힌 상황을 알고 있다고 생각하니 희망이 움트는 것도 같았다.

"우리 위에 대통령이 와 있을까?"

"글쎄. 그럴지도 모르지."

"아내도 틀림없이 와 있을 텐데……."

광부들은 슬픔과 걱정에 잠겨 있을 지상을 생각하니 기분이 이상했다. 그리고 지금은 살아 있지만 언젠가는 이곳에 뼈를 묻게 될 자신들이 더없이 초라하게 느껴졌다. 광부들은 가족들의 얼굴을 떠올리며 천장을 올려다봤다.

그때 천장에서 돌이 떨어졌다. 이렇게 가끔 돌이 떨어졌다.

"헬멧!"

우르수아의 말에 광부들은 벗어 놓은 헬멧을 썼다.

"이놈의 광산은 잠시도 우리를 가만두지 않으니……."

광부들은 헬멧에 맞고 떨어지는 돌을 더 이상 피할 생각도 않고 자리에 주저앉았다. 속이 쓰릴 정도로 배고픔이 밀려왔고 손가락 하나 까딱할 힘도 없었다.

"축구 이야기나 해 볼까?"

로보스가 침묵을 깨고 나섰다.

그는 1980년대에 칠레 프로축구 1부 리그 클럽인 코브레살의 미드필더로 활약했었다. 특히 중거리 프리킥이 뛰어나 '매직모터'라는 별명을 얻기도 했다.

"오, 로보스!"

축 늘어져 있던 광부들이 로보스 앞으로 모여들었다. 광부들은 로보스가 프로축구 선수였다는 것을 알고 있었다. 하지만 사고 때문에 정신이 없었고, 평소에도 축구 이야기를 나누고 싶었지만 미처 말도 못 꺼낸 터였다.

"당신을 존경했어요. 로보스, 얼른 축구 이야기를 들려주세요!"

광부들이 박수를 쳤다.

"저는 1995년에 코브레살 팀에서 은퇴했습니다. 은퇴한 후에는 택시 기사로 취직했어요. 그러나 두 딸들이 대학에 들어가면서 형편이 많이 어려웠습니다. 그래서 광산에 들어오게 되었지요."

로보스는 광산에서 트럭 기사로 일하고 있었다.

"제가 처음 축구를 하게 된 계기는……."

로보스는 자신의 축구 이야기를 펼쳐 놓기 시작했다. 광부들은 시선을 떼지 않고 로보스의 말에 집중했다. 이렇게 광부들이 로보스의 축구 인생에 관심이 많았던 이유는 로보스가 소속되어 있던 팀이 코브레살이었기 때문이었다.

이 팀은 칠레 광부들과 인연이 많았다. 코브레살의 연고지는 칠레 북부의 광산 도시인 엘 살바도르였고, 축구팬들도 대부분 광부들이었다. 그래서 클럽 이름을 구리를 뜻하는 스페인어 '코브레'와 소금을 뜻하는 '살'을 붙여 만들었다. 클럽 로고도 광부들이 쓰는 노란색 헬멧 모양의 축구공이었다.

로보스의 이야기는 계속 이어졌다.

"이런 이야기는 TV에서도 못 들을 거야! 이렇게 듣게 되다니 행운인걸?"

"그래서 여기에 잘 갇혔다는 거야?"

"뭐 대충 그렇다는 거지. 허허."

광부들은 농담도 주고받으며 오랜만에 웃었다. 친구들끼리 삼삼오오 모여 축구 이야기를 나누는 것 같았다.

그날은 로보스와 축구를 좋아하는 광부들이 불침번을 섰다.

6일째

아발로스는 일어나자마자 광부들 몇 명과 대피소를 떠났다.

두어 시간 후, 폭약 소리가 들렸다. 잠에서 깬 광부들은 귀를 모아 지상에서 보내올 신호를 기다렸다. 하지만 아무 소리도 들리지 않았다. 계속 이런 일이 반복되다 보니 광부들의 표정에는 절망이나 체념도 떠오르지 않았다.

"오늘은 교회를 지어 보세."

고메스가 말했다.

"여기다 교회를요?"

우르수아가 놀라며 물었다.

"이제부터 우리가 믿을 건 식량이나 물이 아니야. 거창한 교회는 못 짓겠지만 그래도 십자가를 세우고 기도를 하면 많은 힘

을 얻을 수 있겠지."

우르수아는 고개를 끄덕였다.

젊은 광부들이 돌을 쌓고 우르수아가 그 위에 십자가를 만들어 세웠다. 물 한 모금으로 목을 축인 광부들이 십자가 앞으로 모였다. 아발로스도 광부들을 데리고 왔다.

"세르지아도 오라고 해."

고메스가 말했다.

"네, 제가 갈게요."

세풀베다가 땅을 파고 있는 다섯 명의 광부들을 데리고 왔다. 이렇게 해서 간만에 33명의 광부들이 모두 모였다.

"주여, 저희 서른세 명의 영혼을 굽어 살피소서."

기도가 끝나자 광부들은 가만히 눈을 뜨고 서로를 바라보았다. 그러고는 옆에 있는 사람을 부둥켜안으며 어깨를 토닥거렸다. 말로는 설명할 수 없는 힘이 광부들 모두를 휘감고 있었다. 다시 희망의 불씨가 살아나고 있었다.

"만약 내가 먼저 죽게 되면 가족들에게 꼭 이 말을 전해 줘. 칠레 광부로서 끝까지 광산을 지켰다고……"

오헤다가 우르수아에게 말했다.

"……"

분위기가 갑자기 무거워졌다.

오헤다의 말은 전염병처럼 퍼지기 시작했다. 광부들은 옆에 서 있는 사람에게 자신이 먼저 죽으면 가족들에게 전할 말을 남 겼다. 가족들에게 편지를 적어서 건네거나 소지품을 꺼내서 입 맞춤을 하기도 했다.

엔리케스는 이런 광부들에게 성경의 구절을 읽어 주며 아직 포기하기는 이르다고 말했다. 나이가 많은 광부들은 어떻게 죽 어야 할지 토론을 벌이기도 했다.

"언젠가는 사람들이 여기를 발견하겠지. 그러면 죽어 있는 우리를 볼 테고. 그때를 위해서라도 바위에 등을 기댄 채 꼿꼿 이 앉아서 죽어야 해."

"난 벽에 두 아이의 이름을 써 놓았어. 날 못 알아보더라도 아이의 이름이 있으니 내가 누군지 알 수 있을 거야."

아발로스였다.

광부들은 작업 일지를 뜯어서 유서를 썼다. 그 유서를 누군가 차곡차곡 모아서 테이블 위에 올려놓았다.

잠시 후, 세르지아가 고함을 지르면서 대피소 쪽으로 다가왔다.

"이럴 거면 지금 당장 죽어 버리지, 왜 살아서 공기를 더럽혀 요?"

세르지아가 삽을 치켜들며 소리를 질렀다.

"여기서 이러고 있을 게 아니라 1미터라도 더 땅을 파서 탈출하는 게 당신네들이 말하던 희망 아닌가요? 다들 죽음이 얼른 오기를 기다리는 사람 같네요. 정 그렇게 죽고 싶거든 식량이나 내놓고 죽어요! 그러면 당신들 모두 부끄럽지 않게 잘 살다가 죽었다고 내가 전해줄 테니!"

세르지아의 말에 세풀베다가 나섰다.

"우리가 왜 이러는지 몰라서 그러는 거야?"

"잘 알죠. 잘 아니까 저도 이러는 겁니다."

"무모하게 땅을 파는 게 희망이야?"

우르수아가 말했다.

"그러면 여기서 꼼짝 않고 축구 이야기나 하고, 기도를 하고, 벽에 낙서나 하는 게 희망인가요?"

순식간에 대피소는 아수라장으로 변했다. 광부들은 우르수아와 세르지아 주변으로 몰려들었다.

"하청 광부가 감히 작업반장에게 덤벼?"

한 광부가 화를 참지 못하고 세르지아에게 주먹을 날렸다. 세르지아는 그 주먹을 팔등으로 막으면서 바로 주먹을 날렸다.

"저놈들이 처음 광산에 오는 날부터 재수가 없었어! 다 저놈들 때문에 이런 일이 생긴 거야!"

다른 광부들도 엉겨 붙었다.

"그만들 해!"

고메스가 광부들을 헤치고 세르지아를 일으켜 세웠다.

"세르지아, 가서 하던 일이나 해. 여기는 참견하지 말고. 어차피 따로 행동하기로 했으니 가 봐."

세르지아는 이를 꽉 물고 돌아섰다. 광부들은 그의 뒤통수를 노려보다가 하나씩 쓰러졌다. 다시 대피소에는 정적이 흘렀다. 세르지아의 말이 틀린 것은 아니었다. 무모하지만 700미터를 뚫으려는 그의 생각이 기특하기도 했다. 세르지아처럼 죽음을 밀쳐 내려는 사람이 있다는 게 고마웠다. 그에 비하면 광부들은 죽음을 너무 쉽게 받아들였고, 나약한 행동을 한 셈이었다.

"저기 유서들 좀 가지고 와 봐."

세풀베다가 산체스에게 말했다.

"왜요?"

세풀베다는 화난 표정으로 쌓여 있던 유서들을 죄다 찢어 버렸다.

이렇게 하루가 또 지나갔다.

침묵 속에서도 열기가 뿜어져 나왔고, 가만히 있어도 목이 아플 정도로 공기는 더러웠다. 광부들은 가끔씩 신음을 토해 냈다.

이제 대피소는 중환자실 같은 분위기였다.

7일째

깜깜한 광산에 갇힌 지 일주일이 지났다. 광부들은 모두 숙연해져 있었다. 삶에서 죽음으로 옮겨 가는 과정을 광부들은 자연스럽게 받아들이고 있었다. 굶주림에 지쳐 식량에 탐을 내던 광부들도 차츰 배고픔이 현실임을 깨달았다. 배고픔을 더 이상 채우는 것은 불가능하다고 스스로 인정한 것이었다.

그래서 우르수아가 식량을 나누어 줘도 광부들은 예전처럼 달려들어서 허겁지겁 삼키지 않았다. 이 식량마저 없었다면 너무도 쉽게 죽음이 다가오겠지, 하고 한숨을 내쉴 뿐이었다.

식사를 마친 광부들은 잠시 자유 시간을 가졌다. 허기만 채운 상태였지만 페냐는 갱도를 뛰어다니며 마라톤 연습을 했고, 젊은 광부 몇몇은 팔굽혀펴기를 했다. 하지만 이제는 운동을 하는 광부들보다 가만히 앉아서 천장을 올려다보는 광부들이 더 많았다.

"오늘은 450미터 지점에서 굴착기로 신호를 보내는 건 어때요?"

아발로스가 고메스에게 물었다.

"폭약은?"

"이제 두 개 남았어요. 폭약은 아끼는 게 좋을 것 같아요. 지상에서 우리 쪽으로 파고 들어온다고 해도 시간이 좀 걸릴 겁니다. 폭약은 삼사일 후에 사용하고, 오늘은 굴착기로 신호를 보내는 게 좋지 않을까요?"

"공기가 나빠질 텐데……."

"폭약을 터뜨려도 마찬가지입니다. 최소한으로 사용하는 거니까 지금보다 더 나빠지지는 않을 거예요."

"할 수 없지……."

고메스는 길게 한숨을 내쉬었다.

이때 우르수아가 다가왔다.

"굴착기를 450미터까지 끌고 가려면 매연이 심해서 금방 공기가 나빠질 거야. 지금도 안 좋은 공기를 그렇게 오염시킬 순 없어. 내 추측으로는 지상에서 구조 작업을 시작해서 200미터쯤 들어왔을 거야. 그러면 우리 쪽에서도 분명 소리가 들릴 거야. 그러니 폭약을 오늘 하나, 내일 하나 사용하는 게 어때?"

"그래도 아무 소식이 없으면요?"

"신에게 맡겨야지."

"그렇게 무책임한 말이 어디 있어요!"

아발로스가 화를 냈다.

"이건 무책임한 게 아냐. 대피소 공기가 나빠지면 더러운 수족관에 갇힌 물고기 신세나 다름없어. 오늘은 450미터 좌측 지점에서 폭약을 터뜨리고, 쇠망치로 암벽을 때려서 신호를 보내자고. 자, 나가자!"

우르수아와 고메스, 아발로스는 참치 깡통 하나를 들고 대피소를 나왔다. 밤새 갱도에서 보초를 섰던 광부들에게 가기 위해서였다.

"밤새 고생이 많았네. 별일 없었지?"

600미터 지점에서 보초를 서고 있던 젊은 광부에게 우르수아가 말했다.

"주먹만 한 돌들이 떨어지는 거 말고는 없었어요."

"고생이 많았네……."

젊은 광부는 참치 깡통에서 정확히 두 스푼의 참치를 떠내 입으로 가져갔다. 그의 눈에서 굵은 눈물이 주르르 볼을 타고 흘러내렸다.

"칠레는 우릴 버리지 않을 거야. 힘을 내자고!"

"네, 반장님……."

우르수아는 다시 갱도를 따라 걸었다. 500미터 지점을 지나 450미터에 이르렀을 때였다. 무너진 갱도에서 돌이 굴러 와서 우르수아는 급하게 몸을 숙였다. 보초를 서고 있던 광부의 헬멧 불빛이 어지럽게 흔들렸다.

"아, 한 시간마다 이러네요."

보초를 서고 있던 광부가 외쳤다.

"위에서 신호가 온 건 아니고?"

"네."

"굴착을 하고 있는 건 아닐까?"

"아뇨, 그런 소리는 못 들었어요."

"좋아. 일단 이거라도 먹고 살펴보자고."

우르수아는 참치 깡통을 내밀었다.

"오늘은 여기에 폭약을 터뜨릴 생각이야."

아발로스가 말했다.

"정말요? 무너지면요?"

광부가 토끼처럼 눈을 동그랗게 뜨고 물었다.

"큰 바위에 구멍을 뚫고 그 안에 폭약을 집어넣는 거지. 바위가 흔들리면 위에서도 우리가 살아 있다는 걸 알 수 있을 거야.

오늘쯤이면 구조대도 멀지 않은 곳까지 와 있을 테고……."

아발로스는 노련하게 망치와 징으로 바위에 구멍을 뚫었다. 그러고는 폭약 하나를 구멍 안에 넣고 심지에 불을 붙였다. 주변에 있던 광부들은 멀찍이 떨어져 몸을 숙였다.

"쿵!"

굉음과 함께 광산이 부르르 떨었다. 천장에서 앞이 보이지 않을 정도로 많은 먼지들이 떨어졌다. 바로 앞에 누가 있는지 분간할 수 없을 정도였다.

"자, 지금부터 귀를 기울여 봅시다."

우르수아가 소리쳤다.

멀리서 메아리처럼 바위 바닥이 흔들리는 소리가 났고, '꾸르렁' 하는 소리도 들렸다. 그 소리를 들으니 커다란 사자 배 속에 들어와 있는 것 같았다.

소리가 희미해지더니 10여 분 정도 적막이 밀려왔다. 먼지만큼 두터운 적막이었다.

광부들은 눈을 감았다.

숨소리조차 들리지 않았다.

그렇게 한 시간이 지났다.

그토록 기다리던 신호는 들리지 않았다.

그래도 광부들은 실낱 같은 희망의 끈을 놓지 않았다. 분명히 구조대는 아주 조금씩이나마 이곳을 향해 땅을 뚫고 있을 것이라고 생각했다. 하루에 10미터를 뚫는다고 해도 확실히 뚫고 있다는 그 소리만 들린다면 무너진 광산에서 몇 년은 버틸 수 있을 것 같았다.

"이봐! 우리는 살아 있어! 이렇게 살아 있다고!"

아발로스가 발밑의 돌을 차며 소리쳤다.

그때였다.

"무슨 소리가 들린 거 같은데?"

벽에 귀를 바짝 대고 있던 고메스가 말했다.

순간 광부들은 숨을 죽이며 귀를 세웠다.

"안 들리는데요?"

아발로스가 말했다.

"아니야! 분명히 굴착하는 소리가 들렸어. 구조대의 신호일 거야!"

고메스가 단호하게 말했다.

"세르지아 쪽에서 굴착기를 운전하고 있을 수도 있어. 세르지아에게 작업을 중단하고 이쪽으로 오라고 전해 주게."

우르수아가 로보스에게 말했다.

"알겠어요."

한참 뒤 로보스가 세르지아를 데리고 올라왔다. 나머지 네 명의 광부들도 함께 있었다.

"무슨 일이죠?"

"고메스가 무슨 소리를 들었어. 구조대에서 보낸 신호 같아. 같이 들어보자고."

"설마……."

세르지아는 우르수아의 말에 실쭉 웃었다. 그는 나이 든 광부들이 괜히 귀찮게 하고 있다고 생각했다. 450미터 지점이었지만 위에서부터 굴착을 한다는 게 결코 쉬운 일이 아니라는 걸 세르지아도 잘 알고 있었다.

가끔씩 짐승이 울부짖는 듯한 소리가 들렸고, 암석들이 무너지면서 쿵 하는 소리가 들리기도 했다. 세르지아는 이런 소리를 구조대의 신호로 착각하고 있다고 생각했다.

"어, 들린다!"

아발로스가 외쳤다.

"나도 뭔가 듣긴 들었는데…… 뭐지?"

우르수아가 눈을 감은 채 바닥에 주저앉았다. 고메스와 아발로스, 로보스도 앉았다. 그들은 마치 수도승처럼 꼿꼿하게 앉아 귀를 기울였다.

"젠장, 애들 장난하는 것도 아니고……."

110

그런 모습을 보면서 세르지아는 또 한번 히죽 웃었다. 그리고 다른 네 명의 광부들에게 돌아가자고 말했다.

세르지아가 막 몸을 돌리는 순간 '드드드드' 하는 기계 소리가 들렸다. 그 소리는 분명히 굴착기로 땅을 팔 때 나는 소리였다.

"드드드드드."

우르수아와 아발로스는 동시에 고메스를 쳐다봤다. 로보스와 다른 광부들도 고메스를 바라보았다. 내려가려던 세르지아도 몸을 뒤로 돌렸다.

"드드드드드."

우르수아가 손가락으로 천장을 가리켰다. 다른 광부들도 손가락으로 천장을 가리켰다. 그들의 몸짓은 누군가 자신들을 위해 땅을 뚫고 있다는 확신이었다.

"우린 살았어! 구조대가 온다!"

우르수아가 큰 소리로 외쳤다. 갱도에 쩌렁쩌렁 울린 우르수아의 목소리는 400미터에 있던 보초를 통해 500미터 지점에 전달됐고, 500미터에 있던 보초를 통해 600미터 지점에 전달됐다. 이렇게 해서 700미터 대피소에 있는 광부들에게까지 소식이 전해졌다.

"이건 기적이야!"

"칠레는 역시 우릴 버리지 않았어!"

"아멘."

광부들은 광산이 무너진 후 처음으로 기쁨을 맛보았다. 다들 정신없이 450미터 지점으로 뛰어갔다.

"정말 구조대가 온 거야?"

오헤다가 물었다.

"여기 있는 사람 모두 들었습니다."

"오, 주여!"

오헤다는 무릎을 꿇고 앉아 기도를 했다.

"구조대가 땅을 뚫는 소리를 직접 들어 봐야지."

광부들은 흥분에 가득 찬 표정으로 웅성거렸다.

우르수아가 손가락을 입에 대고 조용히 하라고 했다. 광부들은 웅성거림을 멈추고 모두 벽에 붙어 섰다.

그들은 그동안의 원망과 좌절, 무너진 산호세 광산에 대한 끔찍한 기억들을 잠시 내려놓았다. 세계에서 가장 건조한 아타카마 사막의 무정함도 내려놓았다. 광부들은 자신들을 향해 다가오는 손길에 감사할 따름이었다.

"드드드드드."

광부들은 순간 눈앞에서 칠레 국기가 휘날리는 것을 보았다. 그동안 광부들이 흘렸던 눈물을 닦아 줄 손수건도 보였다. 그리고 '당신들 모두를 꼭 구해 주겠어.'라는 목소리가 귀를 간질였다. 그 목소리는 따스한 봄 언덕 위로 피어오르는 아지랑이 같았다.

"치치치 레레레, 비바 칠레!"

우르수아가 큰 소리로 외쳤다.

"치치치 레레레, 비바 칠레!"

고메스도 소리쳤다.

"이제 대피소로 돌아가서 자랑스러운 칠레를 위해 우리가 할 수 있는 일을 찾읍시다!"

우르수아가 말했다.

"좋습니다. 우르수아 만세!"

우르수아는 450미터 지점에 보초를 세우고 소리가 가까워질 때마다 연락을 하라고 말했다. 그리고 굴착기가 어디로 내려올지 모르니 50미터마다 보초를 세우기로 했다.

대피소로 돌아온 광부들은 늦게까지 잠을 이루지 못했다. 후끈한 열기도, 탁한 공기도, 굶주림도 전혀 느껴지지 않았다.

그날 밤, 33명의 광부들은 다시 태어난 듯 울고 또 울었다.

15일째

구조대의 굴착기 소리를 들은 광부들은 한결 마음이 편해졌다. 이제부터 잘 버티면 지긋지긋한 대피소 생활도 끝날 거라고 믿었다.

하지만 생각과 현실은 달랐다. 광부들의 초조한 마음을 아는지 모르는지 구조대가 땅을 파는 속도는 더디었다. 물론 땅을 뚫는 게 말처럼 쉬운 일이 아니라는 것은 광부들도 잘 알고 있었다. 하지만 하루하루 지날수록 초조한 마음은 가라앉지 않았다.

광부들은 바짝바짝 말라 갔다. 구조대의 신호가 들리지 않았을 때와 다를 바가 없었다. 그때보다 더 심각해진 문제는 바닥이 드러나는 식량이었다. 공기 또한 숨 쉬기 힘들 정도로 탁해졌다.

구조대의 신호를 듣고 기쁨의 눈물을 흘렸던 광부들에게 절망과 슬픔이 다시 찾아왔다. 시름시름 앓는 광부들이 늘어났고, 다시 유서를 쓰는 광부도 있었다.

"그냥 모르고 있다가 죽는 편이 더 나았겠어요."

보초를 서다가 들어온 아발로스가 우르수아에게 말했다.

"조금만 더 기다려 보자고."

"소리가 들리고도 일주일이 넘게 지났는데 아직 근처에도 못 온 게 말이나 되나요? 저러다가 그냥 덮어 버리는 거 아닐까요?"

"……."

광부들은 초조한 마음에 450미터 지점에 주저앉아 구조대를 기다렸다. 하지만 땅을 파는 소리는 아직도 희미했다.

정오쯤이었다.

600미터 지점에 있던 보초의 다급한 목소리가 갱도에 울려 퍼졌다.

"구조대 소리가 안 들려요!"

대피소에 있던 나이 많은 광부들이 벌떡 일어섰다. 어느 정도 예상하고 있던 일이었다. 계속 들리던 굴착기 소리가 띄엄띄엄 들리다가 서서히 줄어들고 있었다. 이러다가 구조 작업을 그만

두는 게 아닌지 마음을 졸이던 광부들이었다.

"일단 가 보자고!"

나이 든 광부들은 넋을 놓은 채 450미터 지점까지 달려갔다.

"소리가 끊긴 지 얼마나 됐어?"

우르수아가 턱까지 차오른 숨을 겨우 돌리고 물었다.

"한 시간 정도……."

우르수아와 고메스는 벽에 귀를 대었다. 한참을 대고 있었지만 정말 아무 소리도 들리지 않았다.

"내 이럴 줄 알았어."

어느새 세르지아가 와 있었다.

"사무실에 앉아서 축구 경기나 보는 사람들이 우리 같은 광부들에게 관심이나 있겠어? 축구공이 다 웃겠네."

"……."

"광부들을 구하기 위해 며칠 파 봤는데 광부들은 어디에도 없다, 보름 정도 되었으니 광부들은 버티지 못하고 저승으로 갔을 거다, 이 정도 했으니 정부는 할 도리를 다 했다고 생각하는 거지. 대통령은 카메라 앞에서 눈물을 뚝뚝 흘리면서 연기를 했겠지. 이제 우리는 사람들의 관심에서 영영 멀어졌어. 그러니 우리도 관심을 *끄자고!*"

어느 누구도 세르지아의 말에 대꾸하지 못했다. 이 모든 게 시늉에 불과했다는 것이 분명히 드러난 것이었다.

"더러운 놈!"

아발로스가 주먹을 불끈 쥐고 소리쳤다.

"우린 내려가서 하던 일 계속할게요. 그러니 너무 슬퍼하진 마세요."

세르지아와 나머지 네 명의 광부들은 트럭을 타고 내려갔다.

"속은 게 아냐."

고메스가 조용히 입을 열었다.

"그럼 뭐죠?"

"위에서도 이렇게 땅을 파는 게 맞는지 고민 중일 거야. 작업 속도가 나질 않으니 다른 방법을 찾아보려고 하겠지. 일단 구조 작업을 시작하면 광부들이 살았는지 죽었는지 확인은 해야 철수하거든."

"그렇죠……."

"그러니 며칠만 더 기다려 보세."

고메스는 캄캄한 갱도를 혼자 내려갔다. 아무도 그 뒤를 따라가지 않았다. 고메스는 모든 상황을 희망적으로 생각하려고 노력했다. 하지만 현실은 결코 희망적이지 않았다. 광부들은 고메스의 뒷모습을 묵묵히 바라보았다. 그들은 또다시 자신들을 덮친 이 절망을 어떻게 받아들여야 할지 막막할 뿐이었다.

그날 밤, 누군가가 테이블 근처로 살금살금 다가갔다. 그는 테이블 위에 있던 참치 깡통 하나를 슬그머니 호주머니에 넣고 사라졌다. 트럭에서 잠을 자던 광부들도 그 사람을 보지 못했다. 그는 어둠 속으로 사라졌다.

17일째

참치 깡통이 없어진 걸 안 우르수아는 광부들을 불러 모았다. 그리고는 아침 일찍 갱도를 살피려던 계획을 미루고 참치 깡통을 훔친 범인을 찾기로 했다.

"이름을 부를 테니 앞으로 나와 주세요."

"고메스!"

고메스가 우르수아 앞으로 다가왔다. 우르수아의 헬멧 전등이 고메스의 하얀 얼굴을 비추었다.

"아발로스!"

아발로스도 우르수아 앞으로 다가왔다.

광부들은 이게 무슨 일인지 모르겠다며 혀를 찼다. 이런 상황에서 혼자만 살겠다는 사람이 있다는 것이 믿기지 않았다.

그때 한 광부가 외쳤다.

"마마니가 없어요!"

우르수아는 인상을 찡그렸다. 스물세 살의 볼리비아 광부인 마마니가 사라지다니.

"일단 찾아보자고!"

광부들은 세 팀으로 나누어서 마마니를 찾아 나섰다. 배고픔과 절망으로 몸조차 가누기 힘들었던 광부들은 어두운 표정으로 흩어졌다. 갱도는 몸을 숨길 수 없을 정도로 좁은 곳이었다. 하지만 몸을 숨기려고 작정을 하면 흔적도 없이 사라질 수 있는 곳이기도 했다.

"자기만 배고픈가. 젊은 친구들이 꼭 말썽이야."

아발로스가 투덜거렸다.

"자기만 살려고 했다면 다행이지."

고메스가 말했다.

"무슨 뜻입니까?"

"자기만 죽으려고 식량을 훔쳤을 수도 있잖아."

"에이, 설마요……."

광부들은 작대기를 들고 여기저기를 꾹꾹 누르며 갱도를 따라 걸었다. 트럭 아래나 바위 뒤로 샅샅이 훑어보았지만 보이지 않았다. 굴착기 같은 기계들을 모아 둔 곳에도 없었고, 무너진

120

갱도 근처에도 보이지 않았다. 세르지아 쪽 광부들이 작업하고 있던 곳에도 없었다. 땅 위로 솟지 않고서는 갈 곳이 없었다.

"혹시……."

우르수아가 고메스의 팔을 잡아끌었다.

두 사람은 예전에 묘지로 쓰기 위해 봐 두었던 곳으로 향했다. 그날 우르수아는 광부들에게 묘지로 사용하기 좋은 곳이 있다고 이야기했고, 광부들은 그곳이 어디냐고 물었다. 그래서 우르수아는 600미터 지점에 움푹 들어간 곳이 있다고 말해 줬다.

고메스는 한 걸음 한 걸음 힘겹게 발을 떼었다. 광산에 갇히기 전에는 뚱뚱했던 몸이 17일 만에 홀쭉해져 있었다.

묘지로 봐 두었던 곳에 도착하자 우르수아는 헬멧 전등으로 여기저기를 비췄다. 그러다가 우르수아는 구석에 있는 거적을 발견했다. 고메스와 우르수아는 동시에 그 거적을 뒤집어쓰고 있는 사람이 마마니라는 걸 알았다.

"마마니."

고메스가 나직이 불렀다. 하지만 아무런 기척이 없었다.

우르수아가 거적을 들어올렸다. 잠을 자고 있던 마마니가 겨우 눈을 뜨며 손으로 불빛을 가렸다. 그의 얼굴은 너무 초췌했다. 마치 세상의 모든 슬픔을 다 품고 있는 사람처럼 보였다. 고메스와 우르수아는 그런 그의 얼굴을 보고 말을 잇지 못했다.

"이건 뭐지?"

거적 옆에 편지가 놓여 있었다. 불빛에 비춰 보니 그것은 마마니가 쓴 유서였다.

"마마니!"

우르수아가 마마니를 흔들었다. 겨우 엉덩이를 들어 올린 마마니는 다시 쓰러졌다. 우르수아는 마마니를 업었다. 스물세 살의 청년이 아니라 비썩 마른 노인처럼 가벼웠다.

"볼리비아로 돌아가야 해요. 아내가 절 기다리거든요. 내 아이를 안아 볼 수만 있다면 심장이라도 팔겠어요······."

마마니가 작은 목소리로 웅얼거렸다.

"우린 꼭 나갈 수 있어. 네 아이를 안고 웃는 날도 분명히 올 거야. 마마니, 희망을 버리면 안 돼!"

우르수아는 마마니에게 외쳤다.

대피소로 돌아오자 광부들이 하나둘씩 모여들었다. 그들은 주먹을 휘두르며 마마니를 단단히 혼내야 한다고 외쳤다.

"참치는 왜 훔쳤어?"

아발로스가 무서운 얼굴로 다그쳤다.

"배가 너무 고팠어요."

"다른 사람은 생각 안 해 봤어?"

"그래서······."

"그래서 뭐?"

마마니는 두 손으로 머리를 감싼 채 한참 동안 눈물을 쏟았다. 광부들은 그의 울음소리에 멀거니 천장만 바라보았다.

"내가 죽으면 다른 사람들이 한 달 정도는 더 버틸 수 있겠다고 생각했어요. 내가 못 가졌던 희망을 서른두 명이 누리기 위해서는 내가 죽어서 양식이 되는 게 차라리 낫겠다고 생각했습니다."

"뭐?"

아발로스는 눈물이 번진 마마니의 얼굴을 주먹으로 때렸다.

"내일 당장 죽더라도 널 누가 먹는대? 응? 그게 말이 되는 소리야?"

"다들 너무 배가 고프니 누군가가 희생을 해야……."

아발로스의 주먹이 또 한번 날아들었다. 마마니는 힘없이 고꾸라졌다.

"우리가 식인종이야? 우리는 광산에서 구리를 캐는 광부들이라고! 누가 칠레 광부들이 사람을 잡아먹는다고 했어? 볼리비아 교과서에 그렇게 나와 있어? 우린 전부 똑같은 광산 노동자라고!"

아발로스는 씩씩거리며 대피소 밖으로 뛰쳐나갔다. 다른 광부들도 혀를 차며 대피소를 떠났다. 대피소에는 우르수아와 고메스, 세풀베다만 남아서 마마니를 바라보았다.

마마니의 이런 행동에는 칠레와 볼리비아의 관계도 한몫했다. 칠레 북부의 타라파카 지역은 광물이 많이 매장되어 있는 광산으로 유명했다. 1879년에 이 광산을 둘러싸고 페루, 칠레, 볼리비아가 전쟁을 했다. 그 결과 칠레가 승리해서 타라파카 지역을 차지하게 되었다. 이후 칠레와 볼리비아는 원수지간이 되었다. 1960년부터 두 나라는 외교 관계도 끊어버렸다. 볼리비아는 타라파카 지역을 통째로 잃었으며 동시에 바다로 가는 길도 막혀 버렸다.

그때였다.

"반장님, 소리가 들립니다!"

보초를 서고 있던 광부가 소리쳤다. 우르수아는 스프링처럼 튀어 올라 밖으로 달려 나갔다.

"어디지?"

"저기요!"

보초를 서던 광부가 손가락으로 가리킨 곳은 662미터 지점이었고, 대피소에서 멀지 않은 곳이었다. 450미터 지점에서 희미해지던 소리가 이제는 대피소 근처까지 온 것이었다.

"두두두두두두!"

지난번보다 훨씬 가깝고 큰 소리였다. 바로 머리 위에 구조대가 와 있는 것 같았다. 이 소리를 들은 다른 광부들이 트럭을 타고 급히 달려왔다.

"바로 위에 있어요!"

"다시 무너질 걸 고려해서 이쪽으로 곧장 뚫은 모양이군. 이제 우리는 살았어!"

세풀베다가 두 팔을 벌리며 소리를 질렀다.

광부들은 서로를 얼싸안았다.

"자, 우리도 준비를 합시다!"

우르수아는 떨어질 돌을 실어 나르기 위해 트럭과 굴착기를 대기시켰다. 그리고 신호를 보내기 위해 망치를 준비했다. 광부들에게는 안전한 곳에 가 있으라고 말했다.

"두두두두두두!"

소리는 점점 가까워졌다. 암벽에 박힌 돌 하나만 빼내면 바로 눈부신 빛이 쏟아질 것 같았다.

멀리 몸을 피했던 광부들이 슬금슬금 다가와 걱정 반 기대 반으로 쳐다보았다.

그렇게 얼마나 지났을까. 많은 양의 흙과 돌이 쏟아지더니 마침내 드릴이 모습을 드러냈다. 그것은 지상에서 보낸 첫 미소였다.

드릴은 계속 아래를 향해 움직이고 있었다. 이곳에 33명의 광부들이 살아 있다는 사실을 재빨리 알려야 했다. 우르수아는 망치로 드릴을 두드렸다. 그 신호가 전달되었는지, 잠시 후 드릴이 멈췄다.

"여기 서른세 명의 광부들이 모두 살아 있습니다!"

세풀베다가 목에 핏줄이 서도록 소리를 질렀다.

하지만 그 목소리가 지상까지 들릴 리 없었다. 세풀베다는 입고 있던 속옷을 벗어서 찢었다. 그러고는 속옷 위에다가 '우리는 살아 있습니다.'라고 적은 후 그것을 드릴 끝에 묶었다.

한참을 멈춰 있던 드릴은 조금씩 위로 올라갔다. 33명 광부들의 희망이 700미터 지상으로 솟구치는 순간이었다.

"됐어! 됐다고!"

우르수아가 고메스를 안았다.

"마마니! 넌 집에 갈 수 있어! 왜 그랬던 거야……."

아발로스는 마마니를 안으며 뜨거운 눈물을 흘렸다.

그날 밤, 세풀베다는 조용히 고메스와 이야기를 나누었다. 그렇게 기다리고 원망도 했던 구조대가 자신들을 버리지 않았다는 사실이 감격스러웠다. 그리고 절망이 앞선 상황에서도 희망을 버리지 않은 것에 감사했다.

"이곳까지 정확하게 파고 들어올 줄은 몰랐어. 이 넓은 광산

에서 어떻게 정확하게 여길 찾은 거지? 700미터 거리에 있는 완두콩을 맞히는 것보다 더 어려웠을 텐데 말이야……."

고메스가 말했다.

"그래서 소리가 들렸다가 멈췄나 봐요. 구조대도 참 고생을 많이 했을 것 같습니다."

세풀베다가 말했다.

"그랬겠지. 이 고마움을 어떻게 표현해야 할지……."

"모두 멀쩡하게 살아 있는 것만으로도 고마워할 거예요."

두 사람의 대화는 계속 이어졌다.

그날은 아무도 잠을 이루지 못했다.

18일째

광부들은 지난밤부터 662미터 지점에 뚫린 작은 구멍만 보고 있었다. 잠 한숨 못 자서 눈이 충혈되었지만 모두들 그 구멍에서 눈을 떼지 않았다.

시간이 흐르자 파이프가 설치되고, 그 파이프를 통해 통조림이 들어왔다. 모두 껑충껑충 뛰며 환호성을 질렀다. 하지만 그 누구도 통조림을 먼저 낚아채지 않았다. 보름이 넘는 기간을 함께 지내는 동안 33명의 광부들은 하나가 되어 있었다.

지금까지 그래 왔듯이 우르수아가 한 명씩 이름을 불렀고, 광부들은 우르수아가 건네주는 통조림을 차례로 받았다. 통조림 위로 광부들의 눈물이 뚝뚝 떨어졌다.

잠시 후, 파이프를 통해 작은 기계가 들어왔다.

"무전기다!"

우르수아가 조심스럽게 무전기를 집었다. 광부들은 재빠르게 우르수아 주위로 몰려들었다. 그들의 표정에는 긴장한 빛이 역력했다.

잠시 후, 무전기가 울렸다. 우르수아가 무전을 받았다.

"여보세요? 제 목소리가 들립니까?"

"네, 들립니다. 서른세 명 모두 살아 있습니다. 이건 기적입니다. 정말 감사합니다."

우르수아가 울먹이며 대답했다.

"아, 누구십니까?"

"저는 작업반장인 우르수아입니다."

"네, 저는 광업부 장관 골보르네입니다. 모두 무사하다니 정말 다행입니다. 칠레 국민들은 여러분들을 기다리고 있습니다. 정부는 최선을 다해서 여러분들을 안전하게 구조할 것입니다. 구조를 하는 동안 필요한 것이 있으면 말씀해 주십시오. 팔로마를 통해 내려 보내겠습니다."

"고맙습니다. 칠레 광부 만세!"

'팔로마' 는 스페인어로 비둘기라는 뜻이었다. 거짓말처럼 잠시 후, 이 팔로마를 통해 식량과 의약품들이 쏟아져 들어왔다.

이 중 광부들이 제일 반가워했던 것은 가족사진과 광업부 장관의 응원 메시지가 담긴 휴대폰이었다. 특히 휴대폰 안에는 광부들이 좋아하는 축구 경기가 들어 있었다. 광부들은 트럭 위에다 휴대폰을 세워 놓고 칠레와 우크라이나의 친선 축구 경기를 볼 수 있었다.

이것뿐만이 아니었다. 휴대폰에는 영화도 저장되어 있었다. 그동안 캄캄한 광산 안에서 죽음과 맞서 싸우던 광부들에게 안정감을 주기에는 충분한 것들이었다.

"살아 있다는 건 소중한 거야."

고메스가 우르수아에게 말했다.

"네, 감동입니다."

"이 감동은 자네가 만든 거야."

"아닙니다. 우리 모두가 만든 것입니다. 그리고 누구나 감동적인 삶을 살아가는데 평소에는 못 느끼고 사나 봐요. 창문을 열었을 때 밀려드는 신선한 공기, 벽에 붙여 놓은 가족사진, 아내가 차려 놓은 소박한 밥상. 이런 것이 이렇게 감동을 주는지는 몰랐습니다."

"여기 있으면서 많은 것을 깨달았나 보군."

"네, 인생 수업을 들으러 온 것 같습니다."

"나도 마찬가지네."

광부들은 가족들과 통화를 했다. 생생한 가족들의 목소리를 들으니 그동안의 일들이 모두 꿈만 같았다.

세르지아와 네 명의 광부들은 우르수아에게 사과했다. 우르수아는 아무 말 없이 다섯 명의 젊은 광부들을 안아 주었다. 세르지아는 더 이상 지긋지긋한 땅을 뚫지 않아도 된다며 기뻐했다.

오헤다는 식량을 꾸준히 먹으면서 건강이 좋아졌고, 고메스와 나이 든 광부들 역시 살이 조금씩 붙기 시작했다. 그동안 광부들에게 자주 화를 내며 싸웠던 세풀베다는 다소 멋쩍은 표정으로 머리를 긁적였다.

36일째

이날은 아쿠나의 생일이었다. 광부들은 지상에서 보낸 파이로 생일 파티를 열었다.

"이런 날이 오다니, 정말 꿈만 같아."

광부들은 생일 축하 노래를 목청껏 부르고 박수를 치며 생일을 축하했다.

"이제 어떻게 되는 거죠?"

"석유시추선이 해저를 뚫듯이 여기까지 지름 60센티미터 정도의 파이프라인을 설치해서 우릴 올릴 건가 봐."

"700미터짜리 엘리베이터를 타는 건가? 야호!"

아발로스의 말에 모두 웃음을 터뜨렸다.

"마마니, 아직도 우리가 식인종으로 보여?"

"왜 그러세요."

마마니가 멋쩍어 하며 아발로스를 툭 쳤다.

"밖에 나가면 절대 말하지 마세요!"

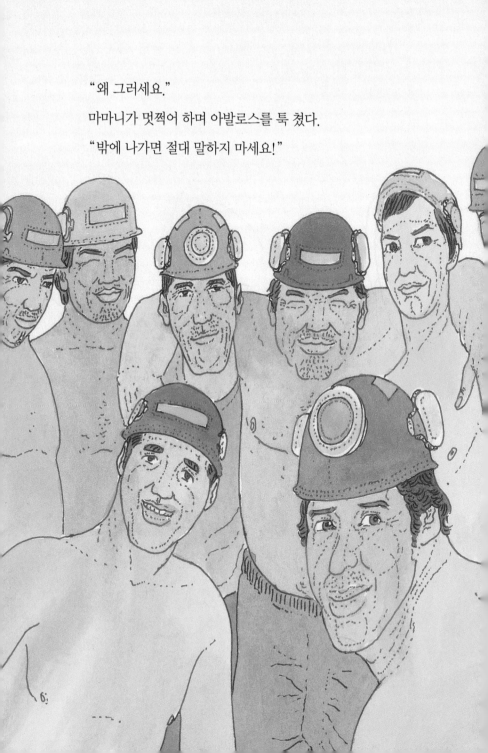

"알았어."

지하 700미터에서 생일을 맞이한 아쿠나는 누구보다 행복한 표정이었다. 그는 이번 생일을 계기로 다시 태어난 기분이 들었다. 다른 광부들도 들뜬 표정으로 생일 파티를 즐겼다.

구조 작업은 예상보다 늦어지고 있었다. 하지만 휴대폰으로 지상의 소식을 들은 광부들은 더 이상 초조하지 않았다. 가족들뿐만 아니라 대통령까지 나서서 광부들이 무사히 구조되기를 바라고 있었다. 가까이에서 보기도 힘든 대통령이 자신들을 기다리고 있다니. 또 스페인과 영국에서 축구를 관람할 수 있게 해 주고, 한국으로 여행을 보내 준다는 말도 떠돌았다.

모든 소식은 광부들을 설레게 만들었다. 다만 700미터나 되는 거리를 60센티미터밖에 안 되는 통 속에 갇혀 올라가야 한다는 것이 문제였다. 아직 완전히 구조된 것은 아니었지만 이제 그들은 두렵지 않았다. 그 정도의 두려움은 땅 깊숙한 곳에 묻은 지 오래였다.

68일째

광부들은 며칠 전부터 지상으로 올라가기 위한 준비를 했다. 우르수아는 정해진 시간에 기상과 운동을 하도록 했다.

내일이면 그토록 기다리던 빛을 볼 수 있었다.

"내일이면 우린 이곳을 떠납니다. 그래서 오늘은 구조 캡슐에 탈 순서를 정해야 합니다. 어떤 순서로 나가는 게 좋을지 여러분들의 의견을 듣고 싶습니다."

우르수아는 늘 그랬듯이 독단적으로 결정하지 않고 광부들에게 의견을 물었다.

"제가 먼저 나가겠습니다."

마마니가 손을 들었다.

"이유는?"

"그냥 여러분에게 죄송한 마음도 있고, 마지막으로 뭔가 뜻 깊은 일을 하고 싶습니다."

광부들은 모두 고개를 가로저었다.

"처음 나가는 건 영광이겠지만 그만큼 위험도 따르는 일이야. 700미터나 되는 좁은 관을 통과하는 일은 결코 쉬운 게 아닙니다. 캡슐을 타고 가다가 만약의 사고가 발생하면 바로 대처해야 하고, 올라가서도 우리들에게 그 과정을 설명할 수 있는 사람이어야 합니다."

"제가 먼저 갈게요."

아발로스였다.

아발로스는 8년 동안 광부로 일했으며, 작업감독으로서 이번 사건에 어느 정도 책임이 있었다. 그가 손을 들자 모두 고개를 끄떡였다. 아발로스는 운동을 꾸준히 해서 체력이 좋았고, 누구보다도 쾌활한 성격이었다.

"다른 의견 있습니까?"

모두들 고개를 가로저었다. 이렇게 해서 아발로스가 가장 먼저 구조 캡슐에 탑승하기로 결정되었다.

"다음으로 두 번째, 세 번째 탑승자를 정하도록 하겠습니다. 적합한 사람을 추천해 주세요."

모두 선뜻 나서지 못하고 주변을 둘러봤다. 첫 번째 탑승자가 무사히 지상까지 올라간다면 문제가 없겠지만 조금의 사고라도 난다면 두 번째 탑승자가 위험해질 수도 있었다.

"제가 가겠습니다."

세풀베다가 손을 들었다. 우르수아가 고개를 끄떡였다.

"좋습니다. 그럼 세 번째 탑승자는?"

"제가 갈게요."

마마니가 다시 손을 들었다.

"괜찮겠어?"

"네."

광부들이 모두 고개를 끄떡였다.

우르수아는 남은 탑승자의 순서도 차례대로 정했다. 전반적으로 체력이 좋은 사람이 먼저 탑승하고, 다음으로는 고혈압 등 각종 질병을 앓고 있는 사람들이 타기로 했다.

그런데 제일 마지막에 남을 사람을 결정하는 것이 힘들었다. 차례가 정해지지 않은 광부들 모두 자신이 가장 마지막에 남겠다고 했다.

"잠깐만!"

고메스가 말했다.

"마지막에는 작업반장인 우르수아가 남아야 해. 동료들이 떠나는 모습을 보면서도 의연하게 버틸 수 있는 정신력이 필요하

지. 그래서 우리를 책임진 우르수아가 제일 마지막에 탑승해야
해."

고메스의 말이 끝나자 아발로스가 우르수아에게 물었다.

"괜찮겠어요?"

"당연하지. 내가 해야 할 몫인걸."

이렇게 해서 우르수아가 제일 마지막 탑승자로 결정되었다.

구조 캡슐로 700미터를 오르려면 한 사람당 15분에서 20분,
길게는 1시간까지 걸릴 것으로 예상되었다. 좁은 캡슐에 갇혀서
그 시간을 버틴다는 건 쉬운 일이 아니었다. 그래서 광부들은
간단한 체조를 하며 몸을 풀고 자리에 누웠다.

우르수아는 생각에 잠겼다. 이제는 어느 정도 익숙해졌지만
여전히 낯선 세계를 떠날 시간이 다가왔다. 돌이켜 생각하면 68
일간의 생활이 끔찍한 악몽은 아니었다. 잃어버린 것도 있었지
만 얻은 게 더 많았던 시간이었다.

"구조가 다 끝나려면 48시간 정도 걸릴 텐데 견딜 수 있겠
어?"

고메스가 물었다.

"68일도 견뎠는데 48시간을 못 참겠어요?"

"그래도 같이 있는 거랑 혼자 있는 거는 다르잖아. 다들 지상
으로 올라갔는데 혼자 남아 있으면……."

"그렇겠죠. 하지만 꿋꿋하게 견딜 겁니다. 그래야 지상으로 올라갔을 때 가족들의 얼굴을 떳떳하게 볼 수 있을 것 같아요. 사실 우리도 이곳에서 많은 고생을 했지만 광산이 무너진 그 순간부터 마음고생이 많았던 건 가족들이었을 겁니다. 그동안 죽으려고 발버둥친 걸 알면 가족들이 가만두지 않을 거예요."

"그럼, 당연하지."

우르수아와 고메스는 크게 웃었다.

69일째

새벽부터 부산스러웠다. 계속 지상에서 전화가 왔다. 광부들의 건강 상태를 묻는 전화도 있었고, 구조된 후 인터뷰를 하자는 방송국 전화도 있었다. 대통령과의 만남도 있다고 했다.

"위에 대통령이 와 있다는군……."

"고마운 일이야. 우리 같은 광부들에게 신경을 써 주다니."

"그렇긴 하지."

"평소에도 광부들의 공을 알아 주면 좋으련만. 우리가 거의 칠레를 먹여 살리잖아."

"당연히 알겠지."

광부들은 이런저런 대화를 나누며 구조 캡슐이 내려오기를 기다렸다.

자정을 10여 분 남겨둔 시간, 우르수아는 광부들을 불러 모았다. 모두들 지상에서 보내 준 옷을 입고 선글라스를 쓴 채 마지막 회의에 참석했다.

"이제 이곳 생활도 끝입니다. 모두들 고생 많았습니다."

우르수아의 이 한마디에 광부들은 목이 메고 눈시울이 붉어졌다. 이런 날이 올 거라고 믿은 날보다 믿지 못한 날이 얼마나 많았는지. 참치 한 스푼을 더 먹기 위해 치열하게 다투고, 삶과 죽음 사이를 몇 번이나 오고 갔는지.

"지상으로 올라가면 여러분이 지켜야 할 게 하나 있습니다. 지난 69일 동안 이곳에서는 불미스런 일들이 많았습니다. 우린 서로를 믿지 못했고 멱살을 잡으며 싸웠습니다. 우리는 이 모든 일들을 식섭 겪었기 때문에 생생하게 기억하고 있습니다. 하지만 이런 사실을 국민들 앞에서 상세히 밝힌다면 어떻게 될까요? 이런 사실을 사랑하는 가족들이 알게 된다면 어떨까요? 죽음 앞에 의연하지 못하고, 불의 앞에 과감히 나서서 싸우지 못하고, 나 자신을 위해 남을 무너뜨린 나쁜 사람들로 전락해 버릴 것입니다. 여러분! 그런 일이 있었던 건 사실입니다. 우리뿐만이 아니라 세계 어떤 사람이라도 이런 환경에 처했다면 그렇게 했을 것입니다. 바로 눈앞에 죽음이 다가와 있었으니까요. 하지만 약속해 주십시오. 이런 사실이 국민들과 전 세계 사람들에게 알려진다면 우리가 좌절했던 것 이상으로 국민들이 좌절할 것입니다. 그리고 우리가 겪었던 고통 이상으로 우리를 응원했던 사람들이 고통을 느낄 것입니다. 지금도 그들은 우리를 응원하고 있습니다. 우리가 겪은 고통을 응원하고 있는 게 아니라 우리가 전해 준 희망, 꿈, 용기, 투쟁을 응원하고 있습니다. 우리는 지상으로 나가서 그들에게 희망과 꿈과 용기와 투쟁을 고스란히 돌려줘야 합니다. 그렇게 하기 위해서는 불미스런 과거를 깨끗이 지워야 합니다. 여기 700미터 지하에 파묻고 가야 합니다. 그렇게 하실 수 있겠습니까?"

광부들은 고개를 숙였다. 너무나 당연한 말이었고 부끄러운 일이었다.

"신께 맹세하면 되겠습니까?"

마마니가 소리쳤다.

"좋습니다."

"돌아가신 할머니가 지켜보고 계실 겁니다. 할머니는 늘 약속을 목숨처럼 지키라고 하셨습니다. 저는 약속을 지킬 것입니다."

산체스가 소리쳤다.

"좋습니다."

"생각해 보니 작업반장님 덕분에 살아 있는 거 같습니다. 지

145

난날을 숨기고 싶은 사람은 바로 접니다. 절 용서해 주신다면 그동안의 일을 저승까지 가지고 가겠습니다. 좌절하고 슬픈 시간도 있었지만 우리는 용감했습니다. 모두 고맙습니다."

"좋습니다. 고맙습니다."

"제 아내는 항상 절 사랑으로 보살핍니다. 그녀를 위해서라도 약속을 하겠습니다."

"고맙습니다."

"우리는 이 나라의 역사만큼이나 모질고 힘들게 살아 왔습니다. 칠레 광부로서 여러분들과 한 약속을 꼭 지킬 것입니다."

"고맙습니다."

광부들은 한 명씩 우르수아에게 약속하겠다고 말했다. 우르수아는 고맙다고 대답하며 일일이 악수를 했다. 이 약속은 우르수아의 말대로 어느 한 사람만을 위한 것이 아니었다. 누구나 캄캄한 광산에 갇혀 삶과 죽음의 경계에 놓인다면 저지를 수 있는 일들이었다. 하지만 너무 자세히 알려진다면 많은 사람들에게 충격을 줄 수도 있었다.

구조 캡슐이 내려온다는 연락이 왔다. 우르수아는 광부들에게 마지막 준비를 하라고 말했다. 광부들은 저마다 작은 선물을 챙겼다. 한 광부는 돌을 주워서 가방에 넣었고, 어떤 광부는 참치 깡통을 챙겼으며, 자신의 헬멧에 '비바 칠레' 라고 적는 광부도 있었다.

광부들을 지상까지 데려다 줄 피닉스가 내려오는 소리가 들렸다. 결코 죽지 않는 불사조, 33명의 광부들을 일컫는 말이었다.

"저기, 캡슐이 내려옵니다!"

무사히 도착한 피닉스에서 구조대장이 내렸다. 광부들은 손뼉을 치며 그를 맞이했다.

"저는 여러분들을 모시고 갈 구조대장입니다. 만나서 반갑습니다. 지금 위에서는 대통령과 세계 많은 사람들이 여러분들의 안전한 귀환을 기다리고 있습니다. 여러분들은 칠레의 영웅입니다!"

구조대장은 광부들과 인사를 나눈 뒤, 피닉스에 타는 요령과 발생할 수 있는 여러 가지 상황들에 대해 자세히 설명했다.

"우리는 준비를 마쳤습니다."

"그동안 고생 많으셨습니다. 자, 첫 번째로 탑승하실 분은 이리로 나와 주세요."

구조대장이 피닉스의 문을 열었다.

우르수아는 아발로스를 덥석 끌어안았다. 아발로스는 미소를 지으며 피닉스 안으로 들어갔다. 지상으로 올라갈 준비를 마친 아발로스는 손가락으로 V자를 만들며 싱긋 웃었다.

"치치치 레레레, 비바 칠레!"

아발로스가 소리쳤다.

다른 광부들도 따라 외쳤다.

피닉스는 천천히 움직이더니 작은 구멍을 통해 사라졌다. 마치 우주 속으로 빨려 들어간 로켓 같았다.

다른 광부들은 모두 손을 모아 기도했다. 광산은 다른 곳과 달리 지반이 약했다. 그래서 큰 충격을 받으면 바로 무너질 수도 있었다.

"첫 번째 탑승자가 지상에 안전하게 도착했습니다."

숨막히고 초조한 20여 분이 지난 뒤, 통신 장비를 통해 아발로스가 무사히 도착했다는 소식이 전해졌다. 광부들은 암스트롱이 달에 착륙했다는 소식보다 더 흥분된 표정으로 소리를 질렀다. 60센티미터의 관을 통해 지상으로 올라간다는 사실에 반신반의했던 광부들도 가슴을 쓸어내렸다. 광부들은 어깨동무를 하며 껑충껑충 뛰었고, 칠레 국가를 부르기도 했다.

"다음?"

세풀베다가 장비를 갖춰 입었다. 700미터를 올라가다가 이상이 생기면 지상에 있는 관제 센터로 무전을 보낼 수 있는 장치와 체온을 재는 장치, 마음의 안정을 위해 음악이 나오는 장치 등이 달린 옷이었다.

"출발!"

세풀베다는 다른 광부들에게 손을 흔들었다. 피닉스가 사라지자 또다시 침묵이 흘렀다. 세풀베다가 지상에 도착하기까지는 20분 남짓 걸렸지만 광부들에게는 200년이 넘는 시간처럼 느껴졌다. 피닉스에 탄 세풀베다 역시 마찬가지였다.

"두 번째 탑승자가 지상에 안전하게 도착했습니다."

광부들은 환호성을 질렀다.

이제 마마니가 탑승할 차례였다. 우르수아는 누구보다 마마니를 꽉 끌어안았다. 볼리비아에서 온 젊은 광부였지만 69일 동안 함께 지내면서 서로 믿고 의지하던 사이였다.

"반장님의 훌륭한 리더십은 죽을 때까지 잊지 않겠습니다."

마마니가 눈물을 닦으며 말했다.

"마마니, 살아 줘서 정말 고마워."

두 사람은 오랫동안 서로 부둥켜 안고 떨어지지 않았다.

"위에서 여러분들을 기다리고 있습니다. 서둘러 주세요."

구조대장이 말했다.

마마니가 피닉스 안으로 들어갔다. 남은 광부들에게 인사를 한 마마니는 천천히 지상으로 올라갔다.

우르수아는 차례로 피닉스에 타는 광부들을 얼싸안았다. 그렇게 32명의 광부들이 무사히 지상에 도착하고 이제 우르수아 혼자만 남게 되었다.

우르수아는 천천히 대피소로 걸어갔다. 테이블 위에 참치 깡통 몇 개가 놓여 있을 뿐 광부들의 흔적은 사라지고 없었다. 그 참치 깡통을 지키기 위해 잠을 설쳤던 시간들이 주마등처럼 스쳐 지나갔다.

트럭에서 잠을 자던 중 돌이 마구 떨어지던 일, 허기와 불안으로 언제 어떻게 변할지 모르는 광부들을 대하던 일들, 그런 상황에서도 서로에게 힘을 주고 격려했던 시간들. 69일의 시간은 어느덧 한 줌의 추억으로 바뀌어 있었다. 지금은 아무도 없는 대피소였지만 자기 자신만 생각하고 싸웠다면 이곳은 33명의 시체가 가득 쌓인 곳이 될 수도 있었다.

"이제 가시죠."

구조대장이 다가왔다.

"69일 동안 우리가 지냈던 곳입니다. 싸움도 하고, 기도도 하고, 삶과 죽음의 경계를 넘나들었던 현장이지요."

"정말 대단하십니다. 작업반장님은 서른세 사람을 모두 살렸습니다. 작업반장님이야말로 진정한 구조대장입니다."

우르수아는 고개를 절레절레 흔들었다.

"말씀은 감사합니다만 서른세 명의 광부들이 힘을 합쳐 이룬 기적입니다. 우리는 광산에서 구리를 캐면서도 고통이 무엇인지 사실 몰랐습니다. 하지만 이 사건을 겪으면서 고통이 무엇인지를 알게 되었습니다. 고통은 포기하는 마음에서 발생했습니다. 이런 상황이 되다 보니 너무 쉽게 절망이 다가왔습니다. 그래서인지 캄캄한 광산 안에서 희망을 찾으려는 시도도 고통스럽게 느껴졌습니다. 희망을 품는다는 것이 이렇게 힘든 일인지 이번에 처음 깨달았습니다."

"존경을 표합니다."

"이제 우리 앞에 더 큰 희망은 없습니다. 이제부터 고통이 올 것입니다."

우르수아는 의미심장한 말을 남기고 피닉스 쪽으로 걸어갔다.

"고맙습니다."

우르수아는 구조대장과 악수를 하고 피닉스 안으로 들어갔다. 갑자기 캄캄한 광산이 환하게 보였다. 69일 동안 지냈던 광산 구석구석이 선명하게 보이는 듯했다.

"출발!"

피닉스가 천천히 움직이기 시작했다. 그토록 올라가고 싶었던 지상이었지만 왠지 두려운 세상처럼 느껴지기도 했다. 올라가자마자 마구 달려들 카메라가 두려웠고, 힘들게 이루어 낸 희망 위에 또 어떤 꿈과 희망을 쌓

아야 할지 벌써부터 답답함이 밀려왔다.

　이런 우르수아의 마음을 아는지 모르는지 장치 안에서 조용한 음악이 흘러나왔다. 그는 눈을 감았다. 69일간 긴 꿈을 꾼 것 같았다. 하지만 눈을 뜨니 지하에서는 느껴지지 않았던 공허함이 밀려왔다. 지하에서 탈출하더라도 여전히 자신은 광부라는 생각이 문득 들었기 때문이었다.

　그러나 우르수아는 아이들에게 광부라는 직업을 물려줘도 괜찮겠다는 생각이 들었다. 이런 생각은 처음이었다. 그래, 칠레의 광부라면 괜찮을 거야. 믿음만 있다면 가정도 행복하겠지. 광부가 하루아침에 재벌이 된다는 건 있을 수 없는 일이야. 광부의 운명을 기꺼이 받아들이고 사는 것도 좋은 일이지.

　멀리서 한 줄기 빛이 쏟아졌다.

　우르수아의 눈에는 눈물이 고여 있었다. 그는 숨을 한껏 들이마셨다.

　선글라스를 통해 가장 먼저 보인 건 가족들의 모습이었다. 많은 사람들과 32명의 광부들 그리고 칠레 대통령이 그를 보며 박수를 치고 있었다. 우르수아는 천천히 피닉스 밖으로 나왔다. 그러고는 한 손을 치켜들고 외쳤다.

　"여러분들이 기다리던 것을 우리는 해냈습니다!"

칠레 광부 매몰사건 일지

8월 5일   산호세 광산 사고 발생
지하 590m 갱도가 무너져 33명의 광부가 갇힘

8월 12일   골보르네 광업부 장관, "매몰 광부들 생존 가능성 거의 없다."

8월 22일   광부들의 생존 확인 작업 중 '지하 700m 대피소에 모두 살아 있다'는 내용이 적힌 쪽지를 발견함

8월 23일   식수나 식량 등 첫 구호품을 지하 광부들에게 전달함

8월 24일   피녜라 대통령, "올해 크리스마스 이전에는 구출될 것이다."

8월 26일   광부들의 지하 생활 모습이 TV 영상을 통해 첫 공개됨

8월 30일   구조를 위한 굴착 작업 시작

9월 5일	바위에 구멍을 뚫는 착암기를 이용해 신공법 굴착 작업 시작
10월 4일	피녜라 대통령, "10월 중순까지 광부들이 구조될 수 있기를 희망한다."
10월 9일	지하 622m 지점까지 연결된 지하 갱도를 완성함
10월 11일	구조 캡슐 설치를 위한 도르래, 권양기를 설치함
10월 12일	구조 캡슐 '피닉스' 시험 등 구조 준비를 완료함
10월 13일	오전 0시 11분, 플로렌시오 아발로스가 처음으로 구조됨
10월 14일	3일 오후 9시 56분, 33번째 광부인 루이스 우르수아의 구조에 성공함. 22시간 36분 만에 구출 작전 종료됨

10대를 위한 책뿌시리즈_5

33명의 칠레 광부들

정대근 지음 | 박준우 그림

초판 1쇄 2010년 12월 20일
초판 2쇄 2011년 6월 20일
펴낸이 안성호
편 집 안주영
디자인 박은숙
펴낸곳 리젬
출판등록 2005년 8월 9일 제 313-2005-00176호
주 소 121-900 서울시 마포구 망원1동 485-14 진흥하임빌 401호
대표전화 02)719-6868 **팩스** 02)719-6262
홈페이지 www.ligem.co.kr
전자우편 iezzb@hanmail.net

ⓒ정대근

이 도서의 국립중앙도서관 출판시도서목록(CIP)은 e-CIP 홈페이지(http://www.nl.go.kr/ecip)에서
이용하실 수 있습니다. (CIP제어번호: CIP2010004510)

ISBN 978-89-92826-46-4